綺譚花物語

楊双子

插畫：星期一回收日

地上的天國

時值昭和十一年暮春，苦楝花謝盡。

臺中市頂橋仔四代同堂的李家，在春天結束之前迎來一場深夜的靜謐婚禮。新嫁娘後龍仔蔡家那裡抬來時年少見的喜轎，喜轎顏色漆黑，安靜地融於夜色，婚禮也在天際破曉以前寂然落幕。三日後的歸寧宴，依例深夜舉行。在那之後，再無人提起新嫁娘，彷彿苦楝花落地毫無聲息。李家三合院上下四代三十數人，人人照樣起居生活，與往昔的日子沒有任何差異。

——那是說，除了英子之外的每個人。

「迎娶的時辰，如果不是破曉前的凌晨，就要是落日後的黃昏。」

初夏的斜陽照進三合院正廳，在李家公媽龕前上香的英子突然想到這樣的事情。

「這麼說起來，那不就像是金星嗎？跟金星出現的時刻相同。」

英子做了這樣的結論，然後把臉側向站立在旁的少女。

少女微微眨眼，像是確認英子有沒有徵詢意見的意思。

「唔，比起金星，應該跟逢魔時刻比較有關連吧。」

對於少女的發言，英子慢慢地抬起一邊的眉毛。

「這個表情是什麼意思？」

「逢魔時刻這種字眼，妳也會知道嗎？」

「什麼嘛，儘管信仰不同，我畢竟也是有讀過書的人呢。」

英子沒說話，抬起另外一邊的眉毛。

「這個表情又是什麼意思？」

「沒什麼，只是想說，三嬸婆妳不算是人吧？」

「嗚嗚，」少女掩面噴淚，「不要提醒我這件事！」

英子兩邊的眉毛同時下垂了，嘆氣心想要哭的是我才對吧。

英子本名李玉英，是頂橋仔李家四代同堂裡的第三代。就讀臺中州立臺中高等女學校的英子，在今年春天升上了四年級。儘管說是實歲十六，臺灣歲卻有十八了，由於備嫁費時，一升上四年級，家人便四處物色英子未來的夫婿，預備明年卒業說親。

不過，英子最近的煩惱來源不是自己的，而是隔房三叔公家新迎的那一門親事。三叔公耳順之年，早就有一妻一妾，再娶一房親沒什麼。只不過，最近的這位細姨是娶神主牌仔來的，俗稱娶神主，娶鬼妻。

說起來，娶神主牌仔也沒什麼。只不過，那位早就是亡魂的三嬸婆，整個李家三合院裡面就只有英子看得見。

看得見鬼，其實也是沒什麼。只不過，新任三嬸婆亡故那時年方二八，就跟英子同齡，結果天天跟著英子，不分白天黑夜。

少女三嬸婆是後龍仔蔡家的女兒，閨名詠恩。英子的大名玉英拿去市場喊一圈，沒有十個也有八個，相比之下，詠恩這名字算是罕見。不過，說起來也不是那麼罕見，基督徒給兒女取名喜歡感恩上帝讚嘆上帝，所以多是詠恩、頌恩、思恩、耀恩……如果去教會禮拜喊一圈，詠恩沒有三個說不定也有兩個。

英子繼承了母親那邊太平林家的奇特血緣，從小就看得見亡魂，成長為一個連自己也嫌棄的性格陰鬱、感情彆扭的少女。唯獨有一點好處，就是膽子跟年齡一樣越長越大，尤其經歷一場意外的洗禮以後，這兩年加倍的心如止水了。

三嬸婆進門，兩個同齡的人鬼少女相逢不相識，英子全部坦然接受。

無法接受這件事情的是三嬸婆。

剛剛端正插進香爐的線香煙絲冉冉，英子望著公媽龕上的描金字體，堂上李姓歷代祖考妣之神位……。

「原來，基督徒也可以被娶神主牌仔嗎？」

英子單純陳述疑問。

少女三嬸婆詠恩卻全面潰堤。

「嗚嗚，說好的天國在哪裡——」

一、

睡夢裡有鳥鳴啾啾。

是五色鳥嗎？

不，聽起來像綠繡眼，或者是白頭翁吧。

「我說英子啊。」

「是。」

「妳有聽見鳥鳴聲嗎？」

「有。」

「那妳還不起床禱告嗎？」

「……請容許我提醒三嬸婆，妳是基督徒，但我不是。」

英子圓睜眼睛。

就在視線的前方，靠牆的床欄那裡浮現三嬸婆詠恩青白色的少女臉龐，而那張生前應該是肌膚白裡透紅的可愛臉龐正露出想哭的表情。

「嗚嗚——」

「好好好，我禱告。哎喲我的主啊……」

「不要對著我，這樣褻瀆上帝。」

英子只好翻身下床，跪在紅眠床邊的腳踏椅上。

「唉，主啊，祢為我帶來晨曦，以日光為我清洗，唉，我無比歡喜……」

「妳可以再誠心一點嗎？」

詠恩發出可憐兮兮的聲音。

英子立刻誠心無比地在心裡對上天大喊：

——神啊，拜託請讓這個基督徒鬼魂理解，我就算每天睡前醒後再加三頓飯前禱告也不會上天國啊！

想必是英子表情嚴肅虔誠，詠恩相當滿意。

「儘管英子不是基督徒，可是禱告起來總是有模有樣的呢。」

詠恩一臉幸福洋溢的樣子，說不定是自認為對英子調教有成了。

即使是青白色的肌膚，烏黑短髮與白色洋裝依然襯出少女亡魂原來的眉目清秀。什麼感情都表現在臉上，發脾氣看起來像也在撒嬌。總歸而言，就是個連死後都可以說是討人喜歡的女孩子。

英子對詠恩生不起氣來，只是心情鬱悶。

「哎呀，每次看英子禱告，都覺得胸口這裡暖呼呼的呢。」

「現在都快六月了，那樣很熱吧。」

「傻瓜英子，這話的意思是說妳讓我感覺很貼心。」

「就算三嬸婆這樣說，我也不會因此想要受洗成為基督徒。」

「真是的，我又沒有那個意思。」

「三嬸婆真的沒有這種期待嗎？」

「唔……」

「不可以說謊喔，會下拔舌地獄。」

「基督徒才不會去拔舌地獄！我只是，好像，隱約有這種期待，就像是很早很早以前這麼想過，不算是說謊吧……」

「哦，只是——好像——隱約——很早——很早以前——是嗎？」

英子把聲音拖得長長的。

詠恩鼓起臉頰抗議。

「因為我不記得許多事情了嘛，比起這個，總覺得有更重要的事情被我忘記了。」

英子朝著詠恩慢慢地抬高一邊眉毛。

詠恩安靜下來。

「忘掉的重要的事情，」英子口氣涼涼的，「難道不是去天國的方法嗎？」

「嗚哇——！」

二、

三叔公娶神主牌仔是新曆四月下旬的事情。

晉級之前的春假，是以三月二十一日的春季皇靈祭為起點，直到三月結束，四月一日開學。英子記得，事情發生在四年級開學的第四天。也就是四月三日神武天皇祭放假結束之後，四月四日再次上學的那一天。英子遇見令人心情複雜的事情，回到家以後，從阿母那裡聽說了三叔公要娶神主牌仔的消息。

說是後龍仔的蔡家。

英子傻眼，問說蔡家不是全家都上臺中教會的基督徒家庭嗎？

阿母便笑起來說，這就是緣分啊。

娶神主牌仔的舊慣，在帝國的知識分子來看是嗤之以鼻的事情。李家和蔡家都是本島鄉紳之家，家裡的老人倒是認真看待這門婚事。蔡家也是四代同堂，卻在近幾年受洗做了基督徒，每個禮拜上教堂，家裡公媽龕、神主牌仔都沒有了，李家費心協助，直到下旬才順利迎娶。

無論是李家三叔公願意娶神主牌仔，還是蔡家願意被娶神主牌仔，詠恩都表示滿心困惑。

「妳三叔公娶神主牌仔的理由是什麼？」

「恕我提醒三嬸婆，那位是妳夫婿。」

詠恩的表情瞬間轉變，看起來是想要一頭撞死。

可惜，撞不到。

「那麼，一般人家願意娶神主牌仔的理由是什麼？」

詠恩這次的提問乾脆跳過三叔公這個人。

英子認真回想過去的聽聞。

「嗯，我聽說過有一房遠親在大正年間娶神主牌仔，理由是雙妻命。」

「雙妻命是什麼？」

「就是命中會有兩個妻子。有雙妻命的人，會續弦或者娶細姨。那房遠親娶神主牌仔，我記得是正房太太的主意。」

「可是妳三叔公已經有一妻一妾了。」

「嗯。」

英子這次很好心，沒有追擊「妳三叔公」的語病。

「也有的是娶姊妹妻。」

「姊妹妻又是什麼？」

「就是未婚女子過世，她的已婚姊妹讓丈夫娶神主牌仔，讓鬼魂有可以棲身的地方。當然，妳們蔡家跟我們李家沒有這種關係。」

「那還有別的原因嗎？」

「嗯——好像，還有一種說法是小孩難帶，就娶鬼妻來幫忙帶小孩。」

「可是，」詠恩哭喪著臉，「妳三叔公都做到阿祖了！」

說的也是。

李家四代同堂，英子已故的阿祖膝下三男二女，這三房兒子，就是英子的大伯公、阿公和三叔公，當中三叔公是妻妾雙全、兒孫滿堂的一個，足足有三個兒子、兩個女兒，七個孫子、四個孫女，一個曾孫、兩個曾孫女，這還沒算上外孫和外孫女那邊的呢。

英子是阿母老蚌生珠，上面有一大串粽子似的堂哥堂姊，最小的十堂哥是三叔公的屘孫，都還比英子大兩歲。

漢藥房退休的三叔公平時在家聽曲盤，聽細姨念歌仔冊，手邊不缺錢，也不是不知世事的傻瓜，自然不會在路邊隨便撿紅包，就一般觀點來說，並沒有娶神主牌仔的道理。

「我阿母說是緣分啦。」

英子也只能這樣說。

「說到底，娶神主牌仔這種事情會成立，做決定的是蔡家吧。」

「可是，我阿爸阿母做出這種決定，怎麼可能會呢……」

「我打聽過了。」

英子垂下眉毛。

「蔡家那邊是說，從今年的春季皇靈祭開始，兩年前意外身亡的女兒就天天入夢，而且從前準備好的嫁妝全部都從倉庫翻出來了，一開始以為是遭竊，清點了發現什麼都沒少。每一天都發生這樣的事情，即使教會的人們認為是神蹟，但無法解決這種狀況，蔡家上下實在太受干擾了，才有鄰人認定是鬼魂作祟，建議說讓人娶神主牌仔。」

「什麼嘛！」

詠恩大大的鼓起雙頰，要是人類的話應該滿臉脹紅了。

「我根本沒有入誰的夢！鬼魂作祟什麼的，完全就是迷信！」

英子慢悠悠的看著詠恩。

詠恩氣鼓鼓的看回去。

「恕我提醒三嬸婆，妳現在就是鬼哦。」

「……」

這一擊太沉重了，詠恩顯示為倒地不起。

三、

高等女學校的上學時間是禮拜一到禮拜六。

英子曾經非常喜歡禮拜日。

即使不說休假日可以出門踏青、逛街，至少能夠比平日多睡一個鐘頭。連帶來說，前一天晚上熬夜也沒關係，盡情地讀友人寫來的長信，再埋首寫下回覆的長信。那是英子自認最像少女的時刻了。

可是，如今的禮拜日不要說踏青逛街了，不但一早就要起床晨禱，而且還要抵抗某人——好吧，是某鬼——想要進城去教會禮拜的心願。

某鬼三嬸婆曰：「我沒有要妳進教會，只要陪我去就行了。」

書桌前的英子無言以對。

讀了一半的書攤開在桌面。但書頁上還有詠恩的臉。

詠恩白天也可以在屋內陰暗處出沒，日照底下卻是身影稀薄，行動力明顯下降。詠恩好幾天前就主張撐傘可以出門，但英子始終不為所動。禮拜日休假，大熱天從頂橋仔走三公里到城內的柳町，走路的是人又不是鬼，笨蛋才會答應。

「以前我也每個禮拜日都走路上教會呀，英子走這點路就叫苦了嗎？」

「三嬸婆原來是住後龍仔不是嗎？走路去柳町當然很輕鬆了。」

一起來想想臺中市街的分布情形吧。

如果把臺中城畫成棋盤，臺中車站作為中心點，縱貫鐵路的鐵軌以四十五度角從東北到西南將城市斜切成上下兩半。臺中城區有三十一個町，越過最北端的梅枝町和川端町，就是蔡家所在的後龍仔。而李家所在的頂橋仔，則是位於市區最南端的曙町與有明町的南邊。

臺中教會在柳町。

從後龍仔蔡家往南方走，穿過梅枝町、若松町、初音町，就會抵達柳町。

相反的，如果是從頂橋仔李家出發呢？那就要穿過曙町、花園町、楠町、櫻町，穿過臺中車站，繼續往北直上橘町、綠川町、榮町、大正町、寶町、錦町、新富町，才會抵達柳町。

附帶一提，臺中高等女學校所在的明治町，算是位在兩家的中間點。

詠恩似乎也想到這樣的事情。

「要不然，英子帶我去學校吧！」

詠恩像是沒看見英子不以為然的臉色，自顧自的振奮提議。

「活著的事情，我有許多記不起來了，如果去以前常去的地方，應該可以恢復記憶吧，這樣或許就能找到為什麼我沒有上天國的理由了。」

「我想，去了也沒用的。」

「為什麼？」

「三嬸婆會忘記許多事情，應該是死因的緣故。」

「……說好不提那個的。」

「哦，我們有說好嗎？」
「英子真是壞心眼，被高爾夫球——又不是妳，不要說妳不記得！」
「哦，對了，三嬸婆是被高爾夫球打到頭而身亡的，真是太慘了。」
詠恩當場淚奔。

四、

英子手邊將書翻過一頁，書頁上又浮現了熟悉的臉孔。
「嗚嗚，英子。」
「這麼快就回來了？」
「我沒有別的地方可以去……」
「三叔公的房間在第二進的第一條左護龍。」
而英子住在第一進的第二條右護龍的右間。

詠恩淚眼汪汪。

英子嘆氣，看著詠恩慢慢飄浮，最後端正坐在桌面上。

「妳這麼想上天國嗎？」

「不然我也不知道可以去哪裡嘛。」

「不用著急，以前遇過的幾個鬼魂，時間到了，自然就會消失了。」

「那他們都去了哪裡？」

「這個我不知道，消失的鬼魂在消失之前，也不知道自己會去哪裡。」

「那，他們又為什麼出現呢？」

「通常，都是有想要實現的心願。三嬸婆的心願，仔細想一想如何？」

「……我的心願是上天國啊，嗚嗚。」

英子頭痛，扶著腦袋。

詠恩雙手扶著臉頰。

一人一鬼大眼瞪小眼，互看了許久。

「三嬸婆做鬼的記憶，是從嫁進我們家開始的吧。」

「這有關係嗎？」

「或許是線索也不一定。」

「線索啊，那會是什麼？」

「恕我失禮，三嬸婆難道不能自己動一動腦筋嗎？」

「英子嘴巴好壞！」

「好吧，那妳看過嫁妝了嗎？」

「去看過了。嫁妝又怎麼樣了嗎？」

「按照蔡家的說法，是因為嫁妝全被翻弄出來，最後才會想到要讓人娶神主牌仔的。娶神主牌仔，按照習俗只會選幾樣嫁妝送進門，可是我想，應該也會有一、兩樣重要的東西吧。三嬸婆看見的是什麼？」

「嗯，有鏡臺、小木櫃、和式桌，還有一個鳥鳴盒。」

「感覺怎麼樣？」

「這個嘛，那個鳥鳴盒，好像有點不一樣。」

「好像——有點——不一樣——很好，那是怎麼樣？」

英子語調拖長，神情嚴肅。

詠恩隨著英子的語調，捧著臉頰上下點頭，最後也一臉肅然。

「那個鳥鳴盒——很可愛。」

「呃，就這樣？」

「對啊，就這樣！」

詠恩理直氣壯。

英子忍了半晌才幽幽吐出一口長氣。

「……我真是幫不了妳啊，三皤婆。」

「嗚嗚，我想去天國！」

五、

李家子孫眾多，以英子家所屬的二房人口組成最簡單。阿公阿嬤生有兩女一男，唯一的男丁就是英子的阿爸。阿爸阿母所出，只有英子與英子的哥哥。年長英子一輪以上的哥哥結婚生子，因為工作緣故，連同妻兒全在外地。

如果不是這樣，英子也不會擁有自己的房間。

如果沒有自己的房間，英子跟三嬸婆日日早晚禱告、整天說話說個沒完，其他家人想必有一番紛紛擾擾。雖然說，眾人對英子偶爾發生的異狀心裡有數，可是也有幾位堂哥堂姊持著科學的立論，時常對英子的裝神弄鬼嗤之以鼻。

話說回來，三叔公要娶神主牌仔的時候，那些堂哥堂姊卻不怎麼抗議了。

——老人家的迷信，不必勉強改變。

——時代進步，從我們這一輩的開始做文明人就行了。

說著諸如此類的話語，堂哥堂姊們對三叔公娶神主牌仔這件事不感興趣，深夜的婚禮結束以後，像是約定好了一樣誰也不再提起這樁冥婚。

只有我看得見三嬸婆。英子心想，這到底是不是應該感到開心的事情呢？

「睡覺之前，要記得禱告喔。」

少女三嬸婆趴在英子的床邊以甜笑提醒。

英子立刻雙手合十，在心裡狠狠問候耶穌和耶穌他爸爸。

「英子真是乖孩子。」

「是啊，我也這麼覺得。」

「唉，要是英子結婚怎麼辦呢？」

「為什麼這麼說？」

「因為啊，」詠恩像閨中密友講悄悄話似的，爬上床側躺在英子身邊，「如果英子結婚，那我在這裡就沒有可以說話的人了，不是嗎？我又找不到去天國的辦法，難不成要在這裡變成形單影隻的地縛靈嗎？」

「基督徒也會知道地縛靈嗎？」

「就說了我也是讀過書的女學生嘛。」

「那麼，讀過書的三嬸婆知道嗎？三叔公他們三房的人口太多，第二進早就住不下了，這幾年盤算要分房出去住。」

「為什麼會說起這個？」

「三嬸婆是跟著神主牌仔來去的，到時候會跟著三叔公一家出門哦，所以不用擔心變成地縛靈。可喜可賀，可喜可賀。」

「一點都不可喜可賀啦！」

詠恩嗚嗚哀鳴。

「既然一定要跟著神主牌仔走，那等英子結婚了，我要去住在英子夫家的神主牌仔裡面！」

「……」

「這個表情是什麼意思？」

「那樣一來，我夫家的神明廳好像會很熱鬧。」

「嗚嗚，英子真的要結婚嗎？」

「我也不想結婚，可是沒辦法吧。」

英子在床鋪裡大大地攤開手腳。唉，人為什麼一定要結婚呢？

鬼魂被英子的手腳所穿透，詠恩的腦袋宛如躺在英子的手臂上頭。

英子側著臉看詠恩，詠恩直直看著英子。

真慘，連做鬼也要結婚。

「不然英子也去大肚山的高爾夫球場好了。」

「我去那裡幹嘛？」

「等妳被球打到頭，我們就可以作伴了。」

「說什麼傻話，笨蛋！」

英子順便在心裡狠狠問候了耶穌他媽媽。

「我才不會被高爾夫球打到頭，而且如果我未婚死掉，說不定我阿母也會找人娶我的神主牌仔啊。」

「嗚嗚。」

「唉，怎麼有這麼笨的人……」

「嗚嗚，英子居然還罵人。」

「我不是說三嬸婆，是說我自己。」

英子心想，放不下這麼笨的鬼，我豈不是比笨鬼還要笨嗎？

「……總之，等到我結婚的那個時候，如果三嬸婆還沒有去天國，我再想辦法讓三嬸婆跟著我走吧。」

「嗚嗚，英子真是乖孩子，那麼約定好了，不能說謊喔！」

「我不會說謊，說謊的人會下拔舌地獄。」

英子一板一眼的說。

詠恩破涕為笑。

「雖然應該沒有拔舌地獄，可是我相信英子。」

「……是說啊，會自願跟著神主牌仔走的基督徒，真的有辦法上天國嗎？」

「嗚嗚嗚嗚——」

「我才想哭啊，三嬸婆！」

六、

那是個小巧的鳥鳴盒。

手掌大小的花梨木盒子，掀起上蓋，裡頭悄悄安棲一隻小小的五色鳥。上緊盒底的發條，五色鳥就會擺動身軀，發出清脆的、高低起伏的鳴叫聲。

這樣的鳥鳴盒並不算精工，許多名貴的鳥鳴盒，機械精密可以讓鳥鳴成曲，裝飾材質還會用上黃金、白銀、象牙與寶石。

可是，小巧樸素的花梨木鳥鳴盒，勝在紀念價值。

這個鳥鳴盒，原是蔡家一名歐洲友人的遊戲之作，鳥鳴聲幾可亂真，令人心底油然生出輕快的喜悅之情。在蔡家千金出生的那時，那位蔡家友人作為祝賀禮物送給了蔡家。蔡家自始視作獨生女的嫁妝，所以一直妥善地保養收藏。

「這麼珍貴的東西，可以隨便拿出來嗎？」

「因為我想給英子看看嘛。」

「咦，這就是傳說中獨生女的任性嗎？」

「什麼嘛，難道英子不喜歡嗎？」

「我沒有這麼說吧。」

楓香老樹的綠蔭底下，英子小心翼翼地捧著鳥鳴盒。

小小的機械五色鳥，正在歡快歌唱。

女學校學年結業的隔天，就是以春季皇靈祭為首的春假。三月下旬的早晨，日頭光束穿透樹冠，星星點點落在五色鳥的翅膀上，照映鎏金閃爍光芒。

英子抬起頭，看著身邊的少女。

少女有烏黑的短髮，紅潤的臉頰，眼睛比那鎏金翅膀還要閃亮。

英子在那一瞬間就知道了。

這是夢境。

全世界只有英子一人知曉的夢境。

而少女渾然未覺。

由於英子的注視，少女微微地眨眼，像是在確認英子想要傳達的訊息。

「我不能收下這個禮物。」

英子宛如演練過許多次這樣的戲碼，講著曾經說出口的臺詞。

少女也如同英子所知道的那樣，立刻把臉逼到英子眼前。

「英子真的不喜歡嗎？」

「正是因為很喜歡，所以才不能接受。這個東西，是從學姊出生以來就陪伴在身邊的，不是嗎？這麼貴重的寶物，應該要一直留在學姊身邊才對。」

英子心想，這是第幾次在夢境裡說同樣的話語了呢？

然後，少女也會說出同樣的句子：

那麼英子妳——

「那麼英子妳，」少女說，「把妳從小戴在身上的玉珮送給我吧！」

英子笑起來。

「學姊果然是任性的笨蛋。」

「什麼嘛，明明英子才是笨蛋。」

少女一下子鼓起臉頰，但隨即又迅速氣消。

「英子知道吧，等我結婚以後，見面就很困難了。這個鳥鳴盒一直跟我在一起，可以說是我的替身。所以，才想要送給妳啊……」

「儘管這麼說，本來是嫁妝的東西突然消失，肯定會引起風波的。」

將鳥鳴盒擱到旁邊，英子取下領口裡的月牙形玉珮，連同紅色的繫繩一同放進少女手裡。

「這不是嫁妝，現在送給學姊也沒有問題。」

「英子……」

「但這個玉珮曾經在臺中媽祖廟開光，基督徒的學姊可以接受嗎？」

「嗚。」

「不想要也沒關係。」

英子作勢收回，少女立刻把玉珮握到胸口。

「我想要，可是，不是現在。」

英子抬起一邊的眉毛。

少女輕手輕腳地把玉珮掛回英子的頸項，微微一笑。

「未來結婚以後，我會把鳥鳴盒送給英子。到了那個時候，英子再把玉珮送給我吧！」

英子望著那笑臉。

「約定好了喔，不可以說謊。」

少女氣勢洶洶地說。

英子有點恍惚。

「我不會說謊的，因為說謊的人會下拔舌地獄。」

「笨蛋，才沒有拔舌地獄呢！」

少女笑說，「可是，我相信英子。」

英子眼眶忽然熱熱的。

「……學姊卒業以後就要結婚了嗎？真的這麼早就要結婚？也有很多人是過了二十歲才結婚的。」

「我不想結婚，可是沒有辦法吧。既然如此，早晚也沒有差別了。」

英子忍不住眉毛扭曲。

「英子那是什麼表情嘛。」

「因為，學姊再過一年就要卒業了。」

「不是這樣的，應該說，我們可以一起度過的日子，還有整整一年呀。這想必是我少女時期，最寶貴的一年了。」

少女的臉蛋上仍然是那樣燦爛的笑容。

英子直直地望著那樣的笑容。

彷彿天地都沒有聲音了，只有五色鳥啁啾鳴叫，高聲歡唱。

七、

睡夢裡有鳥鳴啾啾。

不是綠繡眼，也不是白頭翁吧。那是鳥鳴盒裡機械五色鳥在唱歌。

英子張開眼睛，看見室內已經被初夏的日光擦亮。

那個春天，早就過去整整兩年了。

昭和九年春季皇靈祭所開啟的春假，要是順利度過，蔡家的千金詠恩學姊會升上臺中高等女學校的四年級。可是那一年的春假還沒有結束，蔡家赴大肚山踏青，在山頭的高爾夫球場揮杆時，卻有橫暴飛來的高爾夫球，將她永遠留在十六歲了。

這個意外太可笑，連英子都忍不住說了一句「這個死法未免也太笨了吧」，說完以後卻放聲大哭。英子的眼淚一流就流過了一個學期，等到淚水枯竭以後，心境也宛如古井之水，再也不起波濤。

那個春天的兩年之後，英子升上了詠恩學姊沒有順利晉級的四年級。

事情發生在英子四年級開學的第四天。

四月三日神武天皇祭放假結束，四月四日再次上學。英子在前往學校途中的楓香老樹下，看見了詠恩學姊的鬼魂。

早晨的日光穿透樹梢，穿透身影稀薄的鬼魂，詠恩學姊對著英子微笑，隨後靜靜地消失了。英子內心百味雜陳，心想學姊果然還記得那個鳥鳴盒的約定嗎？含著眼淚，英子在那樹下站了好久好久，連學校都去遲了。

也是那一天，放學到家，阿母跟英子說，三叔公要娶蔡家的神主牌仔。

三叔公的母親跟英子的阿母同樣來自血緣奇特的太平林家。這個血緣隔幾條血脈就會出現體質特殊的孩子，就像英子看得見，三叔公也同樣看得見亡魂。那一天，三叔公對英子的阿母說：「講起來，這也是咱李家佮蔡家之間註定的緣分。現此時的囝孫攏毋願娶神主牌仔，我來娶就好。」

然後，春天結束之前，李家與蔡家舉行了那場夜間的婚禮。

再然後，詠恩學姊的鬼魂出現了。

像是迷路的孩子，走到英子的面前，淚眼汪汪的說為什麼我在這裡啊？

詠恩學姊遺忘了絕大部分的記憶，以鬼魂之姿回到人間的理由，同樣也忘得一乾二淨。

——連我也不記得了嗎？太過分了吧！

英子偶爾會想要這樣質問詠恩學姊。

可是，英子終究沒有辦法生氣，只能自己懷抱著鬱悶的心情度日。

有的時候，英子會希望詠恩學姊憶起往事，有的時候卻又不那麼希望。

如果實現返世的願望，詠恩學姊或許會永遠的消失吧。

記得美好往昔、得以心靈相通的詠恩學姊，以及不記得往事、日後可以長久相處的三嬸婆詠恩，到底哪一個比較好呢？

英子對著紅眠床的頂蓋圓睜眼睛。

視線的前方，慢慢浮現青白色的少女臉龐。

而那張可愛的臉龐正對著英子露出甜美的微笑，眼睛閃閃發亮。

那是以前許多個日子裡，總是比機械五色鳥的鎏金翅膀還要閃亮，比黃金、白銀、象牙、寶石都還要動人心弦的笑容。

英子淚盈於睫。

「英子，要起床禱告了嗎？」

「好。」

英子翻身下床，跪在腳踏椅上雙手合十。

神啊，請讓三嬸婆永遠想不起那個鳥鳴盒的約定吧。

地上的天國

昨夜閑潭夢落花

一、

那是明正童年時代的某個春末所發生的事情。

林家祖厝有意料之外的訪客。

枝繁葉茂的太平林家，深耕本地已經有上百年的時光。祖厝原是一座四合院，昭和初年那時鄰近擴充加蓋和式建築。這裡的訪客總是很多的。即使是年僅九歲的明正，也習慣節慶時分有無數認得或者不認得的客人魚貫造訪。可是，那個春末的訪客稍微有點特別。

明正的隔房堂姊荷舟，短暫地寄居到林家了。

甫自臺中高等女學校補習科卒業，荷舟堂姊在春天的假期結束以後，即將成為公學校的授課教師。就是那個春天的假期，明正記得火焰模樣的刺桐花開得燦爛紅豔，而荷舟堂姊的緞帶，紅如刺桐花。

紅色緞帶在時髦的短捲髮上打成蝴蝶結，搭配簡單而端麗的洋裝，荷舟堂姊一襲隨時可以待客的外出正裝，展露高女畢業生的優雅身姿。儘管如此，荷舟堂姊每天守在林家，哪裡也沒去。

寄居到林家祖厝的原因，究竟是什麼呢？

明正不必問，自有家裡人解釋。他們說，你堂姊是來教你讀書的。

對於這番說法，荷舟堂姊只是微笑。自從寄居的隔日起，堂姊便在午後的固定時間教導明正認生字，指點基礎的書法。教材從簡，就是明正身邊人們的名字，以及一首唐朝詩人張若虛的長詩〈春江花月夜〉。

「春江潮水連海平，海上明月共潮生。灩灩隨波千萬里，何處春江無月明……」

長詩默背不易，明正跟隨堂姊的指示，一句一句小聲誦讀。

誦讀完畢，再是逐步練寫詩句。荷舟堂姊毫不躁進，明正依然一日比一日認得更多生字。就這樣說來，堂姊的確是稱職的家庭教師，可是那個春假的每一天明正都知道，荷舟堂姊寄居的理由並不是擔任他的家教。

明正知道真正的理由。

可是他不說，如同堂姊也不說。

「練完後面這幾句，最後再寫一遍大家的名字，這樣就行了。」

不給予多餘的壓迫，明正練字的時候，荷舟堂姊總是體貼地離開書房，任由明正獨處。

——而那陣子，也經常發生這樣的事情。

荷舟堂姊離開以後，蹲踞在外的一頭小黑貓就會從緣廊漫步進來，沿著書房四壁悠悠行走。那頭黑貓的眉鬚奇捲，明正每回都忍不住多看一眼，貓卻無比自在，兀自張嘴大打呵欠。

「阿奇拉（AKIRA）？」

書房外面傳來呼喚。

這同樣是那時經常發生的事情。

明正當即丟下筆，抱住貓就飛快地去緣廊底下蹲身躲藏。

堂姊荷舟以臺灣話稱呼他「明正」，會以日本話稱呼他為「明」（AKIRA）的是茉莉。

茉莉是堂姊的摯友，隨著荷舟堂姊的寄居，也成為近期的林家訪客。

如果是以前，明正根本不會迴避。

那位肌膚白皙、頭髮烏黑的內地籍少女，有一雙狹長的美麗眼眸，眼底的光芒冷凝如冰雪。明正也曾聽見家裡的使用人耳語讚嘆少女姣好的容貌，說是假以時日，茉莉肯定出落為動人的美女。

連年幼的明正都理解那份美貌。甚至明正知道，茉莉抿起嘴唇微笑，冰雪瞬間消融了的笑容是多麼令人臉頰發熱。

可是如今，聽著茉莉踩在緣廊木板、潮濕拖沓的腳步聲，明正不由得摟緊了懷中的小黑貓。

貓在明正懷裡發出抱怨似的小小叫聲。

「喵」一聲中斷了腳步聲，而後腳步明顯調轉方向，帶著水聲快步走進了明正的書房。

明正屏息傾聽。

「阿奇拉最近不太對勁，總是避著我吧。」茉莉說。

「是喜歡茉莉吧，那是少年時代才有的羞澀心情。」荷舟堂姊笑說，「畢竟茉莉是美人嘛，難道不明白嗎？」

「傻瓜，說那傻話。」茉莉笑起來。

「傻的是誰呀。瞧瞧妳。過來吧，我幫妳擦乾頭髮。」荷舟堂姊說。

廊下躊躇了一會兒，明正禁不住好奇，終究探身從緣廊和障子紙拉門的縫隙窺看書房。

剛才還是明正磨墨寫字的書房，那裡面荷舟堂姊正輕手輕腳地解開茉莉的兩條長髮辮。美人如畫，墨香裡彷彿有春花綻放。

唯一的異樣是，茉莉渾身都濕透了。

長髮辮的髮梢不斷地滴落水珠，女學生制服上衣同樣徹底濡濕，以致於衣服布料緊貼肌膚，令茉莉肩頭到腰背的曲線畢露無遺。

荷舟堂姊卻若無其事，以寬大的布巾一寸一寸擦拭那濕漉漉的長髮。細細擦完頭髮，再以另外一條布巾披在摯友的肩膀之上。有一個吐息般短暫的片刻，堂姊的雙手順勢握住對方的肩頭，直到吐息結束之後才輕輕放開，從旁執起木扁梳開始為摯友梳直長髮。

擦乾、梳理，再重新結上兩條長辮，荷舟堂姊始終溫柔而充滿耐性。

儘管說，任誰也擦不乾茉莉的長髮。

水源就是茉莉，自那白皙肌膚滲透而出，止不住的涓滴流水最終匯聚在榻榻米上，浸濕了荷舟堂姊的赤足。

而明正知道，在那汪無名之水暈開的地方，水窪裡有臺中公園湖心亭的倒影，有臺中火車站山牆立面的熱帶水果雕刻，有天外天劇場的圓形屋頂……明正凝望堂姊，心想她肯定也看見腳底水窪反射的倒影了吧。

那不是水窪，是一汪湖水。

湖水浸透榻榻米，瀰漫泥土與青草的湖岸氣味。

驀然有水波蕩漾的聲響嘩嘩而起。

——巨大的動物犄角，從那汪水窪裡面直伸出來。

緊接著猛然從水窪裡一口氣鑽身出現的，是一頭強壯高大的水鹿。水鹿雄壯無匹，鹿角幾乎頂到書房的天花板。

仔細一看，兩叉三尖的一對鹿角斷去了左半副。

或許是重量失衡，水鹿移動時自然地往左邊方向歪過頭。當鼻頭觸及書架上的書冊，便張嘴啃嚼起來，如同嚼食山野花樹。

水鹿悠然自在，如處山林。一本書冊咀嚼三兩口，再換一本。

架上書冊歪倒而零星掉落，「咚」、「咚」作響地掉在荷舟堂姊的腳跟後方。

荷舟堂姊仍然鎮定地站在那裡，唯獨彷彿感到寒冷而顫抖。

「那個東西，也是時候該還回去了吧……茉莉？」

荷舟堂姊的聲音虛弱微小。

茉莉卻霍然起身，連同布巾一起推開荷舟堂姊。

「連荷舟妳也說這種話嗎？太過分了！」

茉莉發出怒吼，旋即氣沖沖地向外奔出。

未著鞋的白襪子踩過沓脫石下地，茉莉正好跟蹲身在此的明正打了照面。起先茉莉還因為羞赧而露出窘迫的表情，一看見明正懷中的黑貓，立刻掉頭直奔庭院側門。

明正不及反應，水鹿已經氣勢洶洶地竄出書房，緊追茉莉而去。

接二連三的變故令明正腿軟坐倒，連貓也抱不住了。荷舟堂姊出來的時候，正好扶明正一把。

「你也看得見嗎？」

「嗯……」

「啊，真苦惱，因為我們家族是這種血緣嘛。」荷舟堂姊苦笑說。

朝著茉莉離開的方向，仔細一看沿路有茉莉潮濕的足跡。

赤裸雙足的荷舟堂姊卻毫無遲疑地緊隨而去。

明正只能愣愣站著，直到身後有人說話。

「你看見的是什麼？」

「水鹿……」

「你姊姊看見的，或許不是水鹿吧。」

明正無語靜默。

斜陽拉長了明正的身影，而明正身影旁邊有另一個黑影矗立。那是貓形的龐然大物。

二、

荷舟走在夕陽西斜的筆直大道之上。

這裡是臺中市街的中心地帶。以昔日的天皇之名，取名明治町通與大正町通。夾道的兩側，盡是整齊潔淨的方正建築。

往昔荷舟和茉莉，也經常並肩走在相同的路上。

兩人都是通勤上下學，放課後自臺中高等女學校校門出來，牽手漫步到臺中公園，參拜臺中神社以後，方繞行至臺中車站彼此道別。

這條道路的順行路線，末端是明治町七丁目、六丁目、五丁目……過了大正橋通，是大正町一丁目、二丁目、三丁目……直到六丁目，遇見大鳥居以後就是新高町。

即便沒有顯著標誌，茉莉也能在行走時明確指出兩人已經行至幾丁目。

「臺中市街內，這裡是茉莉最喜歡的街道呢。」荷舟說。

「是呀！儘管說是平行的街道，大家都喜歡綠川，那麼就隨他們去走壽町通與綠川町通好了。」茉莉說。

「舉世皆濁我獨清……是這樣吧？果然是茉莉的作風。」荷舟說。

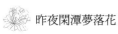

茉莉對荷舟的說法露出美麗的微笑。

那是往日的事情了。

夕陽西斜的路上荷舟不由得心生感慨，啊，明明是不久以前的事情，感覺卻像是上輩子了⋯⋯。

荷舟與茉莉曾經無數次走過那條街道。自明治町通到大正町通，走進新高町的臺中公園。她們也無數次站定在櫻橋通與大正町通的交岔口，遙遙望見這個城市的中心──那是華美的宏偉建築，臺中車站。

蒸汽火車轟轟出站，汽笛聲響徹雲霄。

荷舟與茉莉站在那個街道的交岔口，無數次聆聽那令人心口顫動的汽笛鳴響。

「總有一天，要去到遙遠的地方⋯⋯」茉莉說。

荷舟理解茉莉的幽深目光所為何來，於是更緊一點地握住茉莉的手。

「卒業以後，我們就去遠方旅行。」

那個時候，兩個人都還穿著深藍色水手領的冬季學生制服。
如今的荷舟，早已褪去水手服。
荷舟心想到底是從何時開始，她們就做錯了呢？
有無數影像翩飛掠過荷舟的心湖。
從明治町到大正町，穿越新高町臺中神社的南側鳥居走進公園的日月湖。
公園的西北一側，沿著柳川、梅川兩岸有茂密的香蕉園。
紅融融的夕陽照映香蕉園，串串碩大的香蕉密布陰影。
明正書桌上的習字帖正練到接近尾聲的段落：

昨夜閑潭夢落花，可憐春半不還家。
江水流春去欲盡，江潭落月復西斜。

另一張紙上，是荷舟的字，那是寫給明正練習的幾個名字：

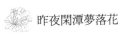

林默娘
林明正
林荷舟
渡野邊茉莉

更早以前寫下同樣文字的那時候，荷舟和茉莉之間仍然親密溫暖，就像「林荷舟」和「渡野邊茉莉」兩行字緊密依靠，兩人也並肩讀書。

在「林荷舟」那行墨跡的旁邊，寫著「關關雎鳩，在河之洲」。這是《詩經》第一篇〈關雎〉的頭兩句，也是荷舟名字的由來。

那時她們一同俯身在荷舟的書案上。

「家人以為會生下男孩，名字取好了，漢字寫作『河洲』。結果生下了我，於是改漢字為『荷舟』。」荷舟說。

「林家是漢學的家族，取了這種華麗又文雅的名字，總覺得很羨慕。」茉莉說。

「『茉莉』這個名字很美麗，比起艱澀的『荷舟』不是好多了嗎？」荷舟說。

「茉莉（MARI）這種洋派的名字，應該要有一頭紅色的捲髮，我的頭髮又直又扁，只能綁成辮子，一點都不合適。」茉莉說。

與茉莉的兩條髮辮相比，荷舟是短髮，那種把鬢髮勾在耳後的鮑伯頭。柔軟的短捲髮，荷舟的髮型遠比茉莉洋派時髦多了。

但荷舟與茉莉相視微笑。

茉莉是典型的日本美人，正所謂立如芍藥，坐若牡丹，行走猶似百合花。可惜高女學生蓄長髮多半結辮，便難以看出那頭漆黑如墨的長髮何等匹配茉莉這樣的美麗少女。

這份無人知曉的美麗，唯有荷舟知悉。

荷舟如同觀賞花朵那樣地從旁守候茉莉。

一同上下學，走路，吃飯，讀書，一同做繁複的課業。

「明明是為了功課而來的，只要跟荷舟在一起，就會忘記正事。」茉莉苦惱的說。

「畢竟功課也快做完了嘛。」荷舟露出安撫似的笑容。

兩人手邊散落稿紙、小筆記本和書冊。稿紙上是潦草的調查報告草稿。

那是以「綠川之水天上來」為名，她們聯手調查的臺中城內的綠川演變史。幾個醒目的字眼是「清國：臺灣省城」、「明治：第一次市區改正」、「大正：第二次改正」、「昭和：第三次改正」……。

那是從清國以來，到三次市區改正計畫的許多瑣碎的細節。不過，那些細節盡可以忘記。東北西南流向的綠川，源頭最北追溯到臺中水源地。市區改正而將綠川截彎取直，河道上加以建築覆蓋。臺中公園的日月湖，實際上也是綠川的一部分。知道這些就夠了。

「說起來，做這個功課以前，完全不知道公園的日月湖也是綠川的一部分呢。」

那個時候，荷舟還能輕鬆地說出這種話。

——當時的調查，要是都選在白天就好了……。

荷舟後來經常這樣想。

下課後的教室裡面，同學們談著第三次市區改正計畫現時進行中的水源地工程，有工人傳說看見水鹿。班上有特別偏愛動物的幾位同學，報告是臺中州的水鹿遷徙，因此追索著這條奇聞。不知不覺，竟然有個明顯是穿鑿附會的傳說流傳起來，言稱如果折下水鹿的犄角可以實現願望。

同班同學們嬉笑著討論此事。

「水源地那裡，先前不是在進行工事嗎？聽說工人看見了水鹿。」

「城內怎麼可能會有水鹿呀。」

「追蹤這頭水鹿是我們選定的功課，不覺得很有趣嗎？」

「因為那裡有奇妙的傳說，折下水鹿的犄角，可以實現願望呢！」

「騙人的吧。」

「哎呀，該不會是想找到水鹿來許願吧？」

「那請務必許願嫁到好人家呀！」

「可不是嗎？如果嫁到內地去就算是美夢成真了吧！」

無論是在秩序井然的臺中市街看見水鹿，或者以水鹿的犄角許願，這些不可思議的謠言繪聲繪影，茉莉嗤之以鼻。

「這種傳言，跟許多傳說故事都很相似。捏造也好，真實也好，如果願望能夠實現，想必要付出什麼代價吧！」

儘管是會說出這種話的茉莉啊。

荷舟忍不住一再回想這段小小的往事。

三、

那個天未破曉的清晨，荷舟與茉莉去調查日月湖的水位。參拜臺中神社以後，在湖畔看見了水鹿的身影。

水鹿站立湖面之上，形貌雄偉而聖潔，宛如天神凜然降臨。

終究兩人尾隨並躲在湖畔樹影邊觀望那雄姿，直到水鹿咀嚼樹皮草葉漸漸靠近過來。

就是那個時候，荷舟感覺到茉莉放在她肩膀上的那雙手溫熱潮濕。

「現在的話，折下那犄角並不困難吧。」茉莉說。

「鹿角怎麼可能徒手折下來呢。」荷舟說。

「傻瓜，那是從水源地來的，是隨著地底下綠川之水而來的水鹿啊。」茉莉說。

荷舟感到茉莉的雙手指甲沉沉地掐進自己的肩頭。

——啊啊，如果當初不是在那種逢魔時刻去調查就好了。

荷舟走在往昔的路上，明治町通與大正町通，春天街道的刺桐樹花開燦爛，紅花有如烈焰。斜陽漸漸消失，街燈尚未點亮，昏暗的街道除了刺桐花飄零，彷彿渺無人蹤。

平時明明是熱鬧非凡的市區街道。

那一天也是這樣，尚未破曉的清晨，天色晦暗，她們攜手從日月湖畔逃走，走在前方的茉莉因落水而渾身濕透，懷裡卻緊緊抱著巨大的犄角。遠處的日月湖，遭到折去犄角的水鹿仍然站立在湖面。荷舟回頭去看，水鹿只是沉默筆直凝望，雙目裂作四目。

「水鹿會報復嗎？之後會被取走什麼作為許願的代價吧！」茉莉說。

「即使如此也要許下的願望，到底是什麼？」荷舟說。

「不要問這種事情……」茉莉說。

奔逃時緊牽著手，荷舟憂慮地注視著茉莉的背面側影。

可以逃到哪裡去呢？

然而前方的茉莉卻微笑著，潮濕的長辮子隨著腳步飛揚。

「我們去遠方吧，去沒有人找得到我們的地方。」茉莉說。

茉莉身上的水珠飛濺，落在荷舟的眼角，潮濕如淚痕。

在那之後，茉莉變得潤濕。

起先只是透明液體從肌膚底下滲出來，宛如盜汗。

接著是長髮有潮水伏流，導致髮絲總是飽滿水分，浸透衣衫。

就在最近，茉莉的手指會滴水，或許腳趾也是，因此梳頭的期間，水流匯聚在地板上形成水窪。水窪還小的時候，荷舟曾經在那裡面聽見水鹿的腳步聲。擦拭水窪以後，荷舟能在未乾的水痕裡看見水鹿的四目正朝外投以注視。

事情隨著時間前進而惡化。

如今，水鹿首度以水窪為洞穴穿越現身。那麼再往後呢？

——必須把犄角還回去才行。

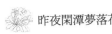

荷舟焦急的心情漸漸展露在臉上。

——無論如何，必須還回去才行。

斜陽最後一點金光都已消失殆盡，華燈未起的街道完全沒入了黑夜。

引領荷舟的是潮濕的發亮的足跡。

荷舟隨著足跡踏進香蕉園。放眼周遭，所及是累累碩大的串串香蕉黑影遮蔽視線。遠處如星火閃爍光芒的，唯有幾盞廟宇的紅燈籠。香蕉園的泥土地柔軟濕黏，間或草葉與細石，赤足奔走於香蕉園裡，偶爾有什麼扎痛腳底板。

讓荷舟心頭閃逝疼痛感的，並不是腳底下的石頭，而是香蕉園裡的水痕足跡凌亂，顯示足跡主人的無助慌亂。

荷舟心口揪緊，不禁加快了腳步。

香蕉園裡蕉香濃烈。

湖水的氣味卻又比香蕉氣味更加濃烈。

終於令荷舟放慢腳步的，是茉莉在香蕉樹下的身影。

倚靠香蕉樹而坐在泥地上的茉莉渾身濕透，宛如當初落湖再起身那時的模樣。然而此時此刻，茉莉左邊的辮髮解散凌亂，坐倒之處水流凝聚，彷彿坐於一汪泉眼。

荷舟呼吸一窒。

「茉莉！」

荷舟迅速蹲身過去扶住茉莉的肩膀。

茉莉緩慢地抬起臉來，頓時顯露出臉龐上的異象。

那是水鹿般的四目。茉莉的雙眼之下，有另一對小小的眼睛裂生。四目的眼角，有透明的輕盈的泉水湧現不止。而茉莉光滑的額角，有小小的犄角彷彿花朵吐蕊，一點一點地發光伸長。

「我們去日月湖。」荷舟用力攙起摯友，「茉莉，我們把角還回去。」

「不、我不要……」

茉莉發出幾不可聞的虛弱聲音。

荷舟執意扶住茉莉，一同直起身軀。就是同個時刻，兩人發現前方香蕉小徑的不遠處，立著一頭龐然的野獸黑影。

野獸形如巨貓，足足高逾香蕉樹，而晶亮眼睛閃爍光芒，穿透搖曳的香蕉葉縫隙投向荷舟與茉莉。

茉莉「呀」地一聲，緊拉住荷舟反向逃走。那逃走的腳步卻踉蹌，荷舟進一步擁住茉莉的肩膀。

舉目無光，只能奔向遠處發亮的紅燈籠。

荷舟半扶半擁，挾著茉莉前行。

茉莉額頭的犄角卻漸次壯大，越發沉重。

難道說，水鹿的犄角將會吞噬嬌小的茉莉？荷舟雙臂吃重，明顯感受到懷裡的茉莉腳步虛浮，已經快要站不住了。

紅燈籠引路，必會抵達神明的所在。荷舟懷抱著一絲希望，到底與茉莉腳步雜沓地闖進了香蕉園邊界的小小廟埕。

廟埕上頭延綿一片壯觀的紅燈籠，火光燦爛，照映龍柱兩條青斗石精雕的蟠龍，中門上的匾額文字鎏金：福德廟。

荷舟認出這是近年頻繁參拜的土地廟，提起來的一口氣稍稍放下。

然而黑色的巨貓緊隨而來，遽然躍進廟埕。

「不要！」

飽受驚嚇的茉莉發出驚呼，頭上的犄角不意勾落燈籠。燈籠落地，火舌一下子舔遍紙糊燈籠，頓時火花四濺。

灰燼紛飛，有股手勁拉了荷舟一把向後躲開火焰。荷舟收勢不及，跟著後頭的人齊齊摔倒，轉頭去看才發現身後是一臉擔憂的明正。

「呀啊啊啊——」

就是荷舟摔倒這短暫的瞬間，巨貓欺前一口咬住了茉莉。但是在更短暫的瞬間，茉莉的呼喊餘音未盡，巨貓已經啣住一支水鹿斷角，迅速越過燃燒的燈籠，側身立定廟口。

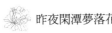

茉莉頹倒在地。

荷舟連忙衝到茉莉身邊。

「有受傷嗎？」

「……」

茉莉握住荷舟伸來攙扶的手。

那張美麗的臉龐上四目與犄角都消失了。

早前的異象有如夢幻泡影。

燈籠的紅光底下，茉莉的肌膚白皙，纖細的睫毛有如工筆書畫精緻勾勒，漆黑的眼眸深邃彷彿黑曜石。不多久以前怎麼也止不住流淌肌膚的無名之水，今時無影無蹤。

恢復原樣了。

荷舟不禁收緊了兩人交握的雙手。

茉莉卻借力起身，將荷舟拋在腦後。

「——還給我。」

彷彿忘卻對巨貓的恐懼，茉莉奔到巨貓跟前。

「拜託，請把角還給我，求求你……」

茉莉捉住巨貓的毛皮發出哀求，卻連雙腳都在打顫。

「夠了！」

荷舟發出厲喝。

茉莉受驚，愣愣的望向荷舟。

荷舟神情複雜。

那個無人的早晨，她們抱著水鹿的犄角從日月湖逃走。

——水鹿會報復嗎？之後會被取走什麼作為許願的代價吧！

——即使如此也要許下的願望，到底是什麼？

她們有過這樣的對話。

在那之後，荷舟也想過無數次同樣的問題。

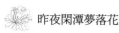

渡野邊茉莉不曾對林荷舟所傾訴的願望，到底是什麼？

但其實荷舟不必探問，甚至不必自問。

身為茉莉的摯友，再沒有任何人比荷舟更明白茉莉。

穿著女學生制服依然難掩美貌，茉莉一日比一日光彩動人。窈窕淑女，君子好逑。美麗的花朵早早受到青睞，有意擷取的優秀紳士接連踏入渡野邊家的大門，最終由渡野邊家的老爺決定花落何處。

升上高等女學校四年級，茉莉聽說了婚配對象是出身內地本州的武家後裔，等待卒業的花期之至，便將遠嫁帝都東京。

知悉這個消息的那一天，茉莉與荷舟走過明治町通與大正橋通，走過臺中公園前的大鳥居，穿越小鳥居直進神社，雙手合十沉默站立，直到晚霞滿天，直到霞光完全消逝。

那個時候荷舟也問，妳許了什麼願望？

茉莉同樣回應說，不要問這種事情。

茉莉是對的，荷舟從始至終都不需要問這種問題。

她只是不願意面對事實。

所以她們無數次走過那條街道，走進神社。

所以她們在那個無人的清晨抵達日月湖。

所以她們折下水鹿的犄角。

所以如今，她們磕磕絆絆地度過了這一年，走進香蕉園內的小小廟埕。

失火的燈籠燒透了，風裡有餘燼的氣味。

「茉莉的願望我是知道的，我都知道了。」

終究荷舟走過去，把茉莉牢牢抱進懷裡。

「妳不想跟那個內地男人結婚吧？可是如果付出這種代價，不是比結婚還要悲慘嗎？」

「不，現在的我很幸福……不跟那個人結婚的話，就不必回內地了。」

「傻瓜茉莉，真是傻瓜。」

在荷舟懷裡流淚的茉莉，雙手指尖掐入荷舟的肩頭。

「荷舟，如果連妳都不能理解我的話，那就太殘酷了……我心底的願望，妳不是說已經知道了嗎……」

茉莉流淚不止，卻在荷舟的懷裡融化了。

少女肉體消融如水，直下落地無從挽回。荷舟望著自己的臂彎，浸濕的臂彎之下，地面暈開一汪波光瀲灩的水潭。

四、

「番無年歲，不辨四時，以刺桐花開為一度。」

清乾隆時期《臺海采風圖考》如是記載臺島番人風俗。

刺桐逢春花開，即一年之始。

即使是許多年以後，明正仍然不曾遺忘那個春天的事情。

日月湖落水再起的茉莉，返家後陷入昏迷，連卒業典禮都沒有參加。同級生的荷舟堂姊失去並肩同行的摯友，獨自迎接了卒業典禮，也迎接了一年制補習科的學業。那孤身行動的一年，荷舟堂姊每天放學後前往渡野邊家探望，並且在返家途經土地廟之際虔誠參拜，祈求神明庇佑令摯友康復。

時至茉莉昏睡已足一年，床上的少女如枯萎之花蒼白枯瘦，褥瘡破洞流出膿水，荷舟堂姊不由得痛苦流淚，再三懺悔那個清晨的錯誤之舉。

是荷舟堂姊的心願成真了嗎？

自那之後的某一日起，荷舟堂姊參拜後返回住家，茉莉便會尾隨而至。站立門前對荷舟堂姊露出微笑，茉莉仍然一身女學校制服。潔白的襪子吸飽水分，走路時發出濕潤的水聲，現身在堂姊面前的茉莉，是病榻上茉莉的生靈。

唯有堂姊能夠看見茉莉。

儘管說是遠房，荷舟堂姊依然是血緣奇特的太平林家出身。這種出身的遠房孩子，每個世代總有一兩名可視無形之物。面對殊異之事，家族人們並不驚慌失措，平靜地決議將荷舟堂姊送至林家祖厝暫居。

家人對明正說，你堂姊是來教你讀書的。

只是他們不知道，明正也看得見茉莉。

那個春天的假期第一天，茉莉就前來拜訪寄居林家祖厝的荷舟堂姊。

透過緣廊上的潮濕足跡，明正能夠看見茉莉這一路途經街道景色。

明正同樣能看見水痕裡面的水鹿。

——唯一的差異，是明正所見的「茉莉」，跟堂姊並不相同。

在明正看來，茉莉臉生四目，額頭伸出短短的犄角。那分明就肖似他在水痕裡看見的，水鹿的臉。

他因恐懼而躲避，爾後悄悄現身守護的，卻是一頭小黑貓。

小黑貓眉鬚奇捲，呵欠有香火氣息。

恰正是燃燒的紅燈籠旁側，那頭黑色巨貓的模樣。

紅燈籠的火焰點點跳躍，照映在荷舟堂姊的臉上，光影綽綽。

明正緊緊依偎堂姊。

巨貓的身側，有名穿著斜襟鮮麗大襟衫的嬌小少女飄浮空中。與其說是少女，不如說是女童，外貌看似與明正年齡相仿。但明正也不知道那位有男女之別嗎？少女頭頂樣式簡樸的員外帽，乃是土地神的頭冠。

「這個，我想辦法幫妳還回去吧。」

少女手上輕盈地托著巨大的犄角，鼓著臉頰露出苦惱的表情。

「唉，雖然說啊，新高町那邊可是日本神明的地盤，而且我連住的地方都被燒了，這年頭神明真辛苦呀。」

荷舟堂姊看向明正，明正點了點頭，表示確定此地正是他們姊弟都知道的那座香蕉園仔土地廟。堂姊這才又仰頭去看那頭巨貓，露出恍然的眼神。

巨貓即伏身神壇桌底的下壇將軍，虎爺。

「是嗎？是神明嗎？」

荷舟堂姊輕聲發出感慨：「那麼，實現我許下的願望，現在要取走我什麼東西作為代價嗎？」

「哎呀，真是本末倒置。因為妳虔誠的願力，我才會露面。」

少女唇邊揚起微笑：「在這年頭，有信徒已經感激不盡了。所謂的代價，我已經確實收到。天色已晚，就讓我們家的小貓送你們回家去吧。」

「可是、茉莉她……」

「不用擔心，回到身體裡面去了。她啊，會覺得做了長長的夢吧。」

荷舟堂姊陷入沉默，淚水頓時泉湧而出，無聲無息地滴落在水潭上。

深夜裡火焰飛散，如強風吹拂刺桐花，紛紛凋零。那也像是荷舟堂姊的淚水，點滴在地面水潭上暈開波紋。波紋扭曲了水潭裡的圓月。

水中之月。

如果說人世就像月亮，那麼對立身於世的人類而言，神怪的世界就是水中之月。年幼如明正也不免心生領悟。無力的人類，受到情感牽動而試圖捕捉水中之月，終究是一場撈月的徒勞之舉。

——儘管如此，只要到刺桐花開的季節，明正就會回想起這件童年往事。

這既是他此生首次遭遇的妖異之事，也是他著手撰寫《撈月笥記》的契機。

彼岸之花，如露如電，人類能夠做到的，僅僅是以筆墨撈月。

彼時的小小少年，明正以其時稚拙的筆跡寫下第一篇紀事。荷舟堂姊與親密摯友的悲傷故事，他以張若虛的詩句命名為〈昨夜閑潭夢落花〉。

那一年的刺桐花，紅豔如火，燒透了整個春天。

那是昭和十一年發生的事情。

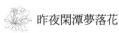

庭院深深華麗島

紅布上閃閃發亮的青銅古鑰，在蘭鶯下一個眨眼的瞬間就爆炸了。

名符其實的爆炸。

前一刻還有滿月照映鑰匙，青銅金屬反射晶瑩流光，下一刻卻像是青銅古鑰裡頭有火藥引爆般，金屬碎屑伴隨著巨響向外噴發，周遭的幾人全掩著頭臉倒在地上。

屋內的人並不多，率先發出呻吟聲響的是怡紅園主人冬玉舍。在冬玉舍身側的一邊是這家裡的西席石隼先生，一邊是這家的千金雁聲小姐。

「啊啊，啊啊……」冬玉舍發出宛如垂死病中的微弱呼喊，要辨清字詞才知道喊的是「了庵，了庵……」。

了庵是石隼先生的字。

冬玉舍呼喊摯友。從那喉嚨裡擠出的乾扁嗓音，以及隨後喉頭滾動不住湧現的咯咯聲，聽起來是緊緊的長長的奇怪笑聲。

由於深知那青銅古鑰對冬玉舍的意義，蘭鶯曉得那不是笑聲，是內心愴痛的哀鳴。可是，那又怎麼樣呢？

蘭鶯安靜看著那同樣俯倒在地的少女雁聲。

柔軟的酒紅色西洋長毛地毯上，少女身軀頓了一頓，半晌後果斷仰起臉來，目光分毫不差地望進蘭鶯眼底。

雁聲的眼神變幻，震驚，慌亂，質疑，最深切的卻是迷惘，令人不需要言語也能理解她的困惑。

——是妳做的？為什麼要這麼做？

想必是這樣的問題吧。

為此蘭鶯微笑起來，而且篤信雁聲理解她笑裡傳遞過去的信息。

——是我做的。我為妳而做。

「了庵！雁聲！」

冬玉舍陡然撕心裂肺地放聲大哭起來。

「天滅我林家！滅我中華！」

慟哭聲裡蘭鶯仍然含笑凝望雁聲，彷彿往昔每一個滿月深夜那樣，彷彿天地間只有兩個人了。

一、

林家有鬼。

蘭鶯做冬玉舍的妾室以前，早聽說了這樁流言。

林家是理應有鬼的。

每天蘭鶯走那條成列雕花鑄鐵欄杆的長拱橋，穿越清香浮動的荷花池，深入軒亭，踏遍燕尾屋脊底下沁涼的一層層一間間大紅厝，終至那綠蔭幽深的花園，便每天確認一回林家裡當然有鬼。

林金泰開臺祖在國姓爺時代的府城臺南發跡，嫡庶血脈開枝散葉，到了林巒旗林部爺建造起臺中州這座豪宅名園，林家八代傳家，在臺島足足有兩百年了。

林部爺鑾旗清國時代捐納貢生的那時，林家已是舊東大墩首富，地方人稱為林部爺，林家的這座大紅厝便也稱作林部爺公館。儘管是改朝換代的皇國時期，人們還是這樣稱呼。

皇國時代市區改正，林部爺公館占地可自櫻町、楠町直到花園町，落在花園町的公館末端便是那座終年綠蔭深深的林家庭院。大正年間林部爺亡故，冬玉舍入主，重修庭院並起雅號名為怡紅園，公館一掃林部爺那時的肅穆嚴整，更像一座花團錦簇的現代公園。

是這樣豪奢的人家哪。雙層門樓掩住林家百年繁華，入門以前蘭鶯也無從想像裡頭的楊柳堆煙與簾幕重重。

——聽說過嗎？不聽話的使用人，會被推進井裡淹死的那個傳言。

——真好笑，那是市井裡的無稽之談。

——可不是嗎？林家哪裡有不聽話的使用人！

那是多久以前的事情了？年輕的使用人之間的確有過這樣的耳語。

蘭鶯十六歲以嫺婢身分入林家，就是那時的事情吧。那一年是大正十五年，年底天皇駕崩，攝政宮裕仁皇太子登基改元，又是昭和元年，對皇國子民來說是難忘的一年。

對蘭鶯來說也是難以忘懷的一年。

女子公學校卒業，捐棄高等女學校的入學資格，少女蘭鶯褪下學生制服，穿上林家嫺婢的大襟衫，很快在那幽綠的花園，在那火紅的大厝受到冬玉舍的青睞，落作他怡紅園奼紫嫣紅裡的一朵嬌花。

其實蘭鶯是受抬舉了。

冬玉舍初初以雙臂摟住她纖細僵直的腰枝那時，以蓄著短髭的嘴巴啃咬她光裸顫抖的小臂那時，蘭鶯是許多嫺婢裡的一個，無數嬌嫩花朵裡的一個。那庭院裡還有比蘭鶯更加新鮮馥郁的嬌花，春光迷眼，朵朵芬芳動人。

只是冬玉舍一次忘情，嘴唇貼著她的耳根囁嚅說：「家裡有鬼……我說這家裡有鬼，妳相信不相信？那鬼就是林部爺，是我爹……妳相信不相信？」蘭鶯慢吞吞回過身子把冬玉舍汗濕的頭臉抱在懷裡，發出甜美的聲音：「我相信，我相信……」埋首在她胸脯裡的冬玉舍竟然眼淚奪眶而出。

那之後，蘭鶯讓冬玉舍抬成了妾室。

她是受了抬舉的。

蘭鶯年歲漸長，冬玉舍不改寵愛，終至她能在千金小姐雁聲的書房裡伴讀漢詩和法蘭西文學。使用人之間因而總說，冬玉舍雙手掌珠，一個是嫡親的獨生女雁聲，一個是年輕的妾室蘭鶯。又說蘭鶯僅僅稍長雁聲幾年，冬玉舍視作女兒愛憐有加，不失為一樁佳話呀。

每天蘭鶯進庭院剪花，預備送到雁聲的書房案上，由衷微笑如同由衷心想這林家當然有鬼。

「是不是該換一壺茶了？」

蘭鶯這麼說，俯案寫字的雁聲宛如甦醒似的把臉抬起來。

那張鵝蛋臉上有挺直的鼻梁，深刻的雙眼皮，兩彎上挑的眉毛看起來有冷淡驕傲的少年神氣。唯獨那雙眼睛，甦醒未醒之際像個童稚的孩子。

可是甦醒未醒僅只須臾，雁聲一說話便流露超齡的沉著：

「哦，那就換一壺吧。」

「知道您會這麼說，已經讓人端來了。」

「這樣啊……」

瞥見跟隨蘭鶯進書房的年幼婣婢正端著冷茶向外走，雁聲從鼻子裡發出小小的笑聲，像是數算幼婣走遠了才又開口。

「蘭姨娘總是這樣體貼入微呢。」

「您這是在譏刺妾身嗎？小姐。」

「四周無人，不必裝出無辜的模樣。」

雁聲隨手擲筆入筆洗。

筆洗水珠外濺，飛落案上剛剪來的三月春花，點滴暈濕半截練字紙。水糊了的幾行字是「故君子不可以不修身。思修身，不可以不事親。思事親，不可以不知人。思知人，不可以不知天」。

蘭鶯微笑起來，伶俐收拾汙損的字稿，復在書案鋪上新紙。

「石隼先生開的功課，這是練字，還是讀書呢？」

「行了，特地支開使用人，今天又想做什麼？」

「何必說得這樣惡毒，妾身不過想為小姐磨墨鋪紙罷了。」

「……哼，情同姊妹那一套說詞，虛名實禍呵。」

雁聲嗤之以鼻，眼眉間的倨傲與那張橢圓臉蛋不甚相襯。

可那是多麼令人著迷的神情哪。

蘭鶯簡直無法從雁聲的臉蛋上移開目光。

兩百年的林家，現任當家老爺冬玉舍年過三十才得一女，元配夫人如同其閨名綠萍，庭院裡兀自濃綠，任憑冬玉舍取次裡外花叢，竟然依舊再無所出，舊東大墩嫡系第十代便只有雁聲了。

儘管冬玉舍抱養螟蛉子，最終看重的還是血親的獨生女，乃至於自吹自擂寫出「掌珠女勝兒豚犬，不愧延陵舊世家」這種漢詩句。可是雁聲確實與眾不同，才讓冬玉舍執意扶持這年少的獨生女做林家的來日棟梁。

雁聲是這樣受到林家珍視倚重的克紹女。少女的柔美，少年的得意，全在一個人身上了似的。人前她有禮溫煦，深埋骨髓的傲氣便無人得以窺見。

正因為如此，蘭鶯才著迷雁聲這罕見的神情。

「說是虛名實禍未免太冷酷了，即使是夫人，也是樂見妾身與您相處融洽的呀！」

「不要提我母親。」

「不提夫人，老爺也是的嘛。」

「我林家上下，可笑沒有一個認清妳的！」

雁聲聲音冷峻，連敬稱都省略。

蘭鶯抿了抿嘴唇，說話時聲音都是含笑的：

「偏偏就只讓小姐您一個人認清了呢。」

「是何等的冤業。」

蘭鶯沒回應這話，慢悠悠執起墨條，在老硯臺上滴水研磨，直到水生濃香，墨色漸深。

「比起胭脂香，果然小姐更適合松煙老墨呢。」

「蘭姨娘話這麼多，比起書房，更適合那花園吧。」

「妾身一片赤誠之心，小姐坦率接納不很好嗎？」

蘭鶯笑語朗朗，「鋪紙磨墨，剪花送茶，讀書寫字，妾身都能為小姐做的，不很好嗎？」

「盡是些瑣碎小事。」

「哪怕天大的難事，只要小姐說出口，妾身也都能做。」

雁聲身形頓了頓，發出淡淡的澀澀的笑聲。

——林家只有雁聲了。

床笫間冬玉舍常是這樣對蘭鶯說的。

——抱養來的孩子不行，終究是嫡親女兒才辦得到。

——老爺這話的意思，妾身不明白。

——雁聲哪，只有那孩子看得見這家裡的鬼。

這是科學的、強盛的帝國昭和時代啊！

蘭鶯總要忍耐不在冬玉舍眼前失笑出聲。

這個古老的林家，有鬼的林家喲。委身林家的那一刻起，蘭鶯便走不開了。

雁聲卻是自降生的那一刻開始的哪。

蘭鶯入門四年以來早已聽熟爛了的，雁聲出世成長於中國北平那幾年，冬玉舍給臺島林部爺公館寄回小雁聲的寫真照片，素來穿著海軍服，梳著俊俏髮式，一副童真少年的模樣，是果真把這孩子當作男子扶養，許了她林家公館名園與百年家業的。

年歲及長，雁聲擇漢衫與旗袍包裹少女身軀，那臉龐眉宇仍然像個少年。

也不只那神情像個少年。

十六歲蘭鶯入林家，如今的雁聲也十六歲。彼時的嫺婢蘭鶯瓜熟蒂落脫胎成一個女人，尊貴的林家千金卻初潮未至，只有胸脯微突，連腰身都不明顯。

「天大的難事呵……」

雁聲嘆息似的吐出話語，信手再取一支鼠鬚，蘸墨後落筆，續寫剛才默到半途的經書文章。

天下之達道——

蘭鶯一把抽去那支鼠鬚毛筆，擲在旁邊。

雁聲投以怒目，蘭鶯卻握住了雁聲那千金小姐的柔軟手掌，且將那纖手握到自己刺繡鑲綴的盤扣襟口。

蘭鶯引著那手解開盤扣，一寸寸，再一寸寸地往開襟裡頭導引進去。

柔軟的肌膚觸到更柔軟的肌膚。

雁聲像是燙著了一樣把手抽回去。

蘭鶯笑起來，醉心地看著雁聲鐵青色的臉，以及那雙圓睜著的宛如林家幽綠庭院的深邃眼睛。

「等小姐初潮過後，妾身再教您怎麼懂事，不很好嗎？」

二、

林家自始便有鬼。

開臺祖金泰爺某日路遇水流無名女屍，心生憐憫而以僅有餘錢協力埋葬，當夜鬼魂竟然入夢，表明願意襄助金泰爺致富發跡，日後果然成真。

那是兩百年前的事情了。

蘭鶯聽熟爛了的故事，也不只這一樁兩樁。

冬玉舍大名林梓渝，又名冬玉，以豪奢成性的闊綽作風知名，聲名遠播臺島南北，便人人呼為冬玉舍。皇國領臺之初，林部爺令未及弱冠的長子冬玉避至中國北京，縱使及長的青年冬玉得以時常往返二地，終究父子海峽相隔，不曾識得彼此真心與面目。

反倒林部爺身故以後，父子鎮日相處，再沒有更密切的時候了。

當然，那是說林部爺的鬼魂。

大正十一年，冬玉舍身在中國，彼時北平還叫作北京。天朗氣清的好時光，北京林家書房裡那座紅木博古架有小小的輕響，冬玉舍抬眼去看，和煦日照底下站著理應身在臺島的父親林部爺，好看的仁丹鬍鬚跟隨笑容向上彎起。過不多時，一封至急電報送到冬玉舍手上，只幾個字，林部爺辭世。

那時林部爺的鬼魂與冬玉舍是一同讀的電報。往後無數年，林部爺可不僅只跟著冬玉舍讀電報。穿衣洗漱，吃飯喝酒，辦公交通，冬玉舍所在，也是林部爺所在。

蘭鶯在床笫間聽冬玉舍講了一遍遍、問了一遍遍的妳相信不相信，也一遍遍摟著冬玉舍的頭臉在懷，輕聲說我相信、我相信……。

林家當家看得見鬼。

必須看得見鬼。

百年來的事情蘭鶯當真無從聽說了，冬玉舍能夠回溯的只到冬玉舍的祖母、林部爺的母親老太夫人。

老太夫人李桂出身阿罩霧李家，老太爺林茂築為李家麾下十八大老之一，跟隨李家第五代當家下厝李武觀奉檄赴閩浙平定太平天國戰事，日後再戰臺島的戴萬生起事，數度沙場進出。那是清國同治年間，彼時的少婦桂老太夫人夜夜長跪，祈願天地神靈守護林家百年基業。同治三年，茂築老太爺西渡漳州欲平匪亂，戰間因積勞病故，得年僅三十六。想必神靈有知，茂築老太爺去而復返，運籌帷幄彷彿身在人世，鬼魂長留林家二十年，直到桂老太夫人大去。

桂老太夫人同樣不曾因為生死兩隔早早遠走。

林部爺有桂老太夫人鬼魂相伴的日子，先後足有三十五年。林部爺辭世，便是林部爺的鬼魂歸來。

林家當家必須看得見鬼。

林家有鬼作祟，方能日益興盛。自清國到皇國，林家不僅保全身家，家業連年倍增，根基強壯抵得住冬玉舍逸樂度日，浪擲千金。

什麼樣令人發噱的情狀啊。冬玉舍畢竟不是肅正的林部爺，不是凜然的桂老太夫人，受不了親長鬼魂貼身相隨，索性越發地荒唐放肆起來。

「唯獨與女人廝混狎玩，我爹不願近身，多好……」

冬玉舍說這話的時候，臉龐還埋在蘭鶯的臀股之間，而蘭鶯凝望眠床上方的朱漆木架，跟隨滿月光華細細勾勒那裡的藻麗描金雕花。

林家有鬼。

鬼魂是林家的恩惠，也是林家的詛咒。

領受權柄的當家，實是一族的犧牲之人，以個人肉身換取家族富貴。

林部爺氣血逐年衰竭，萬貫家資養不好強健底蘊，漸顯油盡燈枯之勢，火焰陡然熄滅一般棄世而去，竟令世人謠傳死於毒殺。到了冬玉舍則情勢加劇，當家入主起便長年有無名病痛纏身，成群妻妾的肚腹無一所出。

冬玉舍膝下僅有嫡親獨女雁聲，唯恐家業傳代之後雁聲體弱不堪負荷，未及誕下繼承血脈的林家後嗣，毀棄了兩百年林家根基，便早早來回來去地揀選起合宜的婚配對象。

「不過尋個女婿，竟然難於上青天……」

月光裡冬玉舍翻過身子，喉嚨裡滾出乾扁的長長嘆息。

蘭鶯靠過去，以巾帕細膩擦拭冬玉舍短髭上的光亮濡濕。

「小姐還是個孩子呢。」

「二八年華，正是婚嫁的時候……倘若天命許可，連林部爺都想多留雁聲幾年，何況做爹的，只是這副軀殼，我難有把握了。」

「老爺不要總說這樣的話，整個林家全倚仗您一個人呀。」

「豈止我林家，我臺島，我泱泱中華——可恨這軀殼無法任憑驅馳！」

冬玉舍臉龐在月影裡更顯削瘦，嗓音卻鏗鏘，如刀鐵碎玉。

「那些眼底只有財貨的俗物，一個都別想繼承我林家，他們哪個知道當家的重擔？哪一個都不知道！」

冬玉舍講到這件事往往憤慨。

林部爺驟逝，手書遺囑指定久居中國的冬玉舍承嗣，返回臺島的冬玉舍卻遭遇嫡庶手足競相爭產。這是冬玉舍的心結。尤其纏綿病榻之際，冬玉舍常在病苦裡灑淚說，那些俗物蠢蠹哪個知道當家痛楚，恰正是這副軀殼換來尊貴榮耀的林家啊，恰正是這副軀殼換來的功業啊……。

「這世間，不是有替死之說嗎？『樓頭一擲成佳話，博得蛾眉死報恩』……要是蘭鶯能夠為老爺替死，可就圓滿這詩句了。」

冬玉舍聞言發笑。

「替死之說，不過迷信而已。」

「老爺，替死這事情呀，是心誠則靈的。」

「好，妳說的不錯，傻蘭鶯，真傻——妳當真想為我替死嗎？」

「千山萬水，林家是蘭鶯的棲身之所哪。」

「好，說的好……」

恩惠與詛咒，是林家的雙面之刃。

偶爾蘭鶯心想，對她來說也是這樣悖反的宿命嗎？

滿月的光華照映眠床上方的描金雕花。

蘭鶯房裡的是石榴花樣，雁聲房裡的是牡丹花樣。

「女婿的人選，老爺一心全放在中國了，您心裡怎麼想的？說來是不是舊年老爺曾經提過的，將您的婚事託給了中國的那位江先生……」

「妳，話太多了。」

「小姐，您這是生氣了？」

蘭鶯微笑說，看見雁聲粗魯地往眠床內側翻過身子。

「老爺病著，妾身今天是乾淨的呢。」

「沒問妳乾淨不乾淨。」

「您呀，對待妾身未免太冷酷了。」

蘭鶯隔著錦繡被褥撫摸雁聲的肩膀。

「東大墩的林家，阿罩霧的李家，臺中州兩大家族的光環，都將要加到小姐身上了，不世出的天才女詩人啊，小姐可要步步走遠了哪。往後您的眼裡還看得見妾身嗎？」

「講完了，就閉嘴。」

「『曾傳化女入桑林，吐盡柔絲到夜深。欲濟入寒偏作繭，縱教自縛也甘心』……呵，這首〈春蠶〉是小姐的嶄露頭角之作呢，何等柔情萬千的七絕。人人都說，林家女公子的言下之意，可不是要與祖國生死相依了嗎？」

被褥安靜滑落，蘭鶯盈握雁聲那少女圓潤的肩膀，感覺衣衫底下的體溫滲透出來。

「可是，這不是小姐的心聲吧？」

少女的肩膀顫動了一顫。

「用〈女化蠶〉的典故，是妾身跟小姐一起讀的《搜神記》嘛。打自出世那一刻化身蠶女，註定為這百年的林家，以及林家心繫的祖國大業吐盡柔絲，是小姐的命運呢。可是，您其實並不甘心——」

「閉嘴！」

雁聲霍然起身，月光底下那雙眼睛有怒火燒得閃亮晶瑩。

蘭鶯一把將她摟進懷裡，連同那雙燃亮了的眼睛都收納在懷裡。

「把手放開！」

「小姐若是不情願，便儘管掙脫吧！」

「……」

「小姐，我的雁聲小姐。」

蘭鶯笑聲如嘆息，含蜜般又甜又稠，「您要是林家的蠶女，我就是您的那匹牡馬。這樣，不很好嗎？」

「……滿口謊言的女人，我不信妳。」

「不信就不信吧。」

眠床窸窣有聲，蘭鶯連懷裡摟著的雁聲一同皺亂了那床錦繡被褥。

被褥精細，連繡紋都滑手。

雁聲的薄衫遠比繡紋絲滑。

那肌膚，復更絲滑。

纖細的頸項，肩窩，尚未顯著凹凸的身軀，蘭鶯溫柔摸索，手指輕緩前行一寸寸，再一寸寸，彷彿春風撫過花朵。

「小姐的初潮都乾淨了，是不是？」

蘭鶯聲音柔軟也彷彿春風一樣。

「『魏襄王十三年，有女子化為丈夫，與妻生子』……要是可以選擇，比起〈女化蠶〉，小姐果然喜歡〈女子化為丈夫〉更多一些的，是不是？可是妾身沒有辦法嫁您為妻，寧願做那被剝了皮的牡馬呢……」

「閉嘴……」

「都聽您的。」

蘭鶯微笑應允。

春風浪動繁花林梢，有細碎的溫柔的聲響如水波盪漾。

是夜月光沁潤，蘭鶯身下的雁聲抿直了嘴唇身軀輕顫，眼淚泉湧。

三、

——《搜神記》，卷十四，〈女化蠶〉篇。

舊說太古之時，有大人遠征，家無餘人，唯有一女。牡馬一匹，女親養之。窮居幽處，思念其父，乃戲馬曰：「爾能為我迎得父還，吾將嫁汝。」馬既承此言，乃絕韁而去。徑至父所。父見馬驚喜，因取而乘之。馬望所自來，悲鳴不已。父曰：「此馬無事如此，我家得無有故乎！」亟乘以歸。

為畜生有非常之情，故厚加芻養。馬不肯食。每見女出入，輒喜怒奮擊，如此非一。父怪之，密以問女，女具以告父，必為是故。父曰：「勿言，恐辱家門。且莫出入。」於是伏弩射殺之，暴皮於庭。

父行，女與鄰女於皮所戲，以足蹙之曰：「汝是畜生，而欲取人為婦耶！招此屠剝，如何自苦！」言未及竟，馬皮蹶然而起，卷女以行。鄰女忙怕，不敢救之。走告其父。父還求索，已出失之。後經數日，得於大樹枝間，女及馬皮，盡化為蠶，而績於樹上。其繭綸理厚大，異於常蠶。鄰婦取而養之，其收數倍。因名其樹曰桑。桑者，喪也。由斯百姓競種之，今世所養是也。言桑蠶者，是古蠶之餘類也。

案〈天官〉，辰為馬星。《蠶書》曰：「月當大火，則浴其種。」是蠶與馬同氣也。《周禮》校人職掌「禁原蠶者」，注云：「物莫能兩大，禁原蠶者，為其傷馬也。」漢禮，皇后親採桑，祀蠶神，曰：「菀窳婦人，寓氏公主。」公主者，女之尊稱也。菀窳婦人，先蠶者也。故今世或謂蠶為女兒者，是古之遺言也。

現今乃皇國昭和之世，不是太古之時，不是魏襄王十三年。

蘭鶯必須忍耐不致失笑的，不僅是林家鬼魂之說，還有林家歷來自許肩負著中國興亡的功業重擔。

即便拋卻文明世界，將目光調回舊慣年代，由衷相信林家有鬼，有女子化作丈夫，有女化蠶吧，然而意欲以一人之肉身，維繫一族之利祿，以一族之勢力挽一國之狂瀾，不也是令人不由得捧腹的夸夸其談嗎？

可是啊，蘭鶯心想，她心底浪濤般的熱切瘋狂，卻又是那樣雷同林家自負的詛咒，沒有任何世間道理可言。

大正十五年，十六歲的蘭鶯真正初見十二歲的雁聲。

那是驟雨過後的夏夜，圓月西斜，滿地水光剔透發亮。

蘭鶯放輕了腳步折回嫺婢通鋪的中途，遇見站在小院裡的雁聲。

她當然認得林家千金，也聽過了無數傳言故事，一見便知小院裡的是那童年女扮男裝、預備克紹箕裘、得意少年一樣的林家千金。

可是千百年來同樣沁潤的月光，照映那少女的臉蛋蒼白憂鬱，眼睛閃亮晶瑩，霎時天地間所有聲音都消失了。

就是那一眼。

忽然間蘭鶯完全看透那雙眼睛。迷惘於自身降世的來由，掙扎於無從脫逃的宿命，月光下那雙眼睛發出窒息無聲的呼喊。就是那一眼，蘭鶯胸坎裡面的漆黑空洞有什麼點燃起來，起先星火閃爍，終於燒成一團不滅的炎陽。

那一眼開始，雁聲就是她的救贖。

彰邑的張家身家不顯，仍然勉力供女兒上學，為此蘭鶯曾經刻苦用功，一心盼著能給家門添增光彩，終獲難以考取的高等女學校入學資格。到頭來才知道，家裡早早盤算送她進林家做狎玩的東西，連妾室身分都未曾事前許諾。

所謂人世，遠遠比鬼魂還要叫人驚懼，比死亡還要叫人無望。

可是月光下，蘭鶯卻徹底抖落女學生的驕傲自苦，拋卻嫺婢的委屈惻痛了，滿腔烈火燒起的愛憐同情，從此全傾倒在眼前的少女身上。

——林雁聲不就是富貴的、純潔的、年少的張蘭鶯嗎？

蘭鶯無比幸福地折倒了。

那是佛祖一線垂入無間地獄的蜘蛛之絲。

世間再沒有人如蘭鶯那樣清楚知曉，她就是她，她是她的一面明鏡，反射她熱烈的自憐自戀的愛情。

放輕了腳步，夤夜蘭鶯穿越往昔月光照映的那座小院，深進大紅厝裡富麗的一間，終至那座木架上有牡丹雕花的眠床，像是無聲春風入羅帷。

月光下少女的身軀如花含苞待放，一日比一日幽香郁烈。

雁聲柔軟無力的片刻，蘭鶯便戀戀地環抱那少女身軀。

——老爺病著。

這天蘭鶯連這樣的話都沒有說出口。

進了屋子，便看見眠床裡側的雁聲眼睛滿盈水光。蘭鶯未及開口，雁聲握她的手到襟口，解開盤扣，往開襟進去一寸寸，再一寸寸……。

那是春風花事，海棠紅落，雁聲汗濕的身軀俯在蘭鶯懷裡，終究眼淚泉湧。

「我問妳一件事，不許說謊。」

「妾身從來不對您說謊。」

「滿口謊言呵……」

雁聲喟嘆，像哭像笑，「妳說我當真有詩人的才幹嗎？」

「當真有的，這可是有目共睹的事情哪。」

「不許妳說謊。要不是林家和李家聯手堆砌，怎麼蓋得起我這座光有門面的山水庭園？」

「您不信妾身，也該信老爺和石隼先生。」

「呵，父親和先生，我不就是他們手裡的泥塑嗎？」

雁聲聲音艱澀，吐息幾次停頓。

「我，我林雁聲，就是貼金的泥塑，等候真身暴露，一介無知少女，能支撐這個家嗎？林家百年的根基，終究要毀在我的手上了……」

蘭鶯把手臂收緊了又收緊。

——老爺病著。

這是實話，林家人人知道，冬玉舍的無名病越見沉重了。

昭和五年的白露秋涼，冬玉舍一時沉痾難起，以林家與李家為首領導的櫟社秋季詩會，不得不延遲到新曆年末舉行。在那之後又過了年餘，冬玉舍的病情時轉晴雨，幾次冬玉舍病榻捉著蘭鶯的手，乾涸的喉嚨擠出聲音說妳當真願意為我替死？

蘭鶯心想，冬玉舍卸下當家重擔的那一天，會是什麼情形呢？

鬼魂歸來林家怡紅園，就此寄生這個未嫁的獨女雁聲嗎？畢竟是太早了哪。當初年近不惑的冬玉舍返回臺島，尚且跟手足打了結實的衙門官司，若是少女雁聲偕同寡母支應門庭，怎麼順遂無憂？

「這世間，不是有替死之說嗎？」

蘭鶯這麼一說，雁聲便立時掙開環抱，瞪眼相看。

「牡馬一匹，女親養之。窮居幽處，思念其父，乃戲馬曰：『爾能為我迎得父還，吾將嫁汝。』馬既承此言，乃絕韁而去……」

「那替死之說，不過是父親的妄言。」

「若妾身做您的牡馬，為您換得老爺性命，您是不是能做妾身的蠶女呢？」

不等雁聲回答，蘭鶯一氣地說：「您生作林家女，來日是不是能見妾身的鬼魂呢？是不是能夠憐愛鬼魂的妾身？」

「妳又說謊，既然以死解脫，何必回這座深院牢籠？」

蘭鶯微笑起來，靜靜的深深的投以凝望。

雁聲像是掉入水潭深處的石頭一樣沉默。

「小姐，此生此世，千山萬水，您就是妾身的棲身之所。」

「說謊。」

雁聲縮身退進月影底下。

儘管那臉蛋神情看不分明，蘭鶯仍然清晰聽見少女的細小聲音。

「這世間，牡馬會愛上蠶女，可即使妳是那匹癡馬，我也不信癡馬會愛上一尊泥塑……」

蘭鶯只是笑，過去好輕好輕的親吻了少女的嘴唇。

四、

昭和七年夏，林冬玉病癒。

昭和八年，曾笑雲編撰《東寧擊缽吟集》，臺中州選錄詩人六十三位，女性僅三，林雁聲為其一。

昭和九年，是年全島詩人大會，林雁聲次日首唱掄元，同年秋季中部聯吟會，奪律詩右元左眼※。

昭和十年，全島聯吟大會，林雁聲第二日次題以七絕獲右元。

同年秋，皇國舉行始政四十周年臺灣博覽會，臺北天籟吟社召開盛況空前之臨時全島詩人大會，臺中薔薇室女林雁聲第一日首唱獲右元，聲名鵲起。

五、

林家有鬼，鬼如朔風動窗柩，月照樹影西斜。

蘭鶯不再剪花，不進書房，只有滿月的夜晚，靜悄悄潛入那座牡丹雕花的眠

編註：詩社評詩時有右詞宗、左詞宗兩位評審，右詞宗選出的第一名即為右元，左詞宗選出的第二名則為左眼。

床。那裡有人等候，在蘭鶯攀上床榻之際主動迎前。爾後有聲窸窣，有濃香芬芳，有月光沁透少女肌膚，染現羊脂白玉似的光。

泰半時候，少女眉宇間仍然流露孤傲的少年神氣，唯獨床間回眸，眼睛有波光瀲灩，流轉魅惑人心的神采。蘭鶯心裡間或閃逝「林家女婿必有豔福」的荒謬念頭。

如今雁聲是嬌豔盛放的花朵。吐氣有蘭馨，膚觸如初綻的薔薇。天地錦繡繁花，全落在她一個人身上。宛如對比，冬玉舍卻是乾枯歪曲的老藤。

體魄康泰起來，卻未能隨之心境平和的冬玉舍，性格越發顯得焦躁急切。臺島中國二地頻繁往返，宴無數賓客，赴無數筵席。倘若人處臺島，便來回踏遍櫻町的公館庭院以及冬瓜山的別墅花園。

蘭鶯不再說「老爺病著」了。冬玉舍病癒，反而少近女色，拋卻往昔眠花醉柳的習氣，亦不造訪那座石榴雕花的眠床，只一心專注裡外奔波。

「您說，老爺是在尋什麼希罕的東西嗎？」

「……不要提我父親。」

雁聲聲音憊懶，有幾分嬌氣。

蘭鶯不由得過去親吻她的額角，隨後聽見細小近乎無聲的嘆息。是多令人心頭柔軟的嘆息哪。窗縫透進的一線月光安靜冰冷，蘭鶯不覺留戀凝視光照所在，那裡雁聲彷彿睡去，嘴角有輕鬆的笑意。好像天地間只有兩個人了。

「您今天不犯頭疼了？」

「也沒有天天犯頭疼的。」

「從早到晚跟隨著老爺舟車勞頓，不免折損身體了，這樣不懂得愛惜保養怎麼行呢？您可還年輕呢。」

「那也好，身體壞了，正好去抱養個孩子吧。」

雁聲夢囈似的小聲說話，「鬼魂作祟的林家詛咒到我終結，這樣就好了。」

「小姐。」

蘭鶯抿著嘴笑，把嘴貼在雁聲的耳邊。

「您呀，您心底是有妾身的吧？」

雁聲驀然警醒，一把推蘭鶯下床。

蘭鶯順勢滾落眠床腳踏底下的柔軟西洋地毯。

啊，蠶女的那頭牡馬。

蘭鶯微笑心想，那頭被剝了皮的牡馬，想必是幸福的吧。

六、

那是一把古老的鑰匙。

以褪色紅布裹著的，一把青銅鍛造的古老鑰匙。

古鑰光彩黯淡，青銅鏽斑點點，腥氣浮動。

「了庵，所謂祕寶，就——就是這破爛？」

冬玉舍幾乎有點失聲。

可是，或許那便是在場眾人的心聲。

屋內的幾人是怡紅園主人冬玉舍，怡紅園西席石隼先生，林家千金雁聲，以及蘭鶯。最瞭解林家詛咒的，再沒有其他人了。

「千真萬確。就是這看似破爛的東西，千真萬確。」

石隼先生以嘶啞嗓音緩慢說話。

冬玉舍咬鼓了腮幫，張大眼睛再三反覆打量青銅古鑰。好半晌，終於吐出一口難忍的長噓。

「就這破爛，我林梓渝竭盡心神，尋覓了十數年……也罷，多賴了庵此行奔忙，這畢竟是入了我林家！這份恩情，梓渝銘感五內——」

「梓渝不必言謝，此事說來不是我的功勞。說來玄妙，儘管這古鑰借我之手入林家，卻並非林家尋到鑰匙，乃是鑰匙自己尋上林家門來的。」

石隼先生悠悠說話。

「這把古鑰，不久之前仍屬於府城施家所有。作為施家的傳家祕寶，據稱祕寶的來源，是一名天行使者所贈，而這名天行使者——或許，也是鬼魂。令人玩味的是，傳言施家是同安陳家文正公的血脈後人，天行使者的鑰匙實際上送交的是陳家，文正公逝世，陳家沒落，施家方繼之而起，自此兩百年，直到兩年前施家將這把鑰匙轉贈西川先生。而後，西川先生找上了尋覓林家詛咒解方的我。」

那位年輕的內地紳士自稱，此行是鑰匙引路。石隼先生平淡轉述，臉龐鬍鬚掩不住嘴邊的一抹微妙苦笑。或許因為多年隱密探查林家詛咒的解除之方，沒想到有朝一日有人輕易送上門來。

「西川先生說，施家以為鑰匙為陳家帶來滅亡詛咒，因而代代戒慎恐懼，到今藉由機緣脫手，總算拋卻千斤重擔。其實施家完全誤解了。詛咒，乃是天命；天命，即是詛咒。西川先生這話有意思，梓渝，你說是不是？」

「是，正是。快往下說。」

「別著急，話還長著。」

石隼先生低啜一口茶水，像是思索要從何講起。

「應當這麼說吧，這鑰匙是一枚寶器，以裹藏詛咒、承接天命而生。這神祕寶器自主尋找背負詛咒的家族而棲居，直到棲居家族的天命終焉，才會再度啟程流轉，尋找下一個可棲居的家族。當初施家誤解，以為出讓鑰匙是轉移厄運的良方，孰不知是寶器有意離棄在先，才令施家得以出讓鑰匙……西川先生這番說詞，我原也視作年輕人的玩笑言語，細想來卻越覺此事絲絲入扣。特別是——府城施家兩百年的古厝，日前遭到無名惡火燒毀——這就是應驗了。一個家族的厄運與強運，乃是詛咒的雙面之刃。施家的天命已然結束，厄運終結，強運亦然，這便是步上了文正公陳家的後塵！」

「這！」

冬玉舍聽得張口結舌。

石隼先生顯然早已反覆揣想過古鑰奧祕，如今神態反而平靜，目光定定地看一眼冬玉舍，再看一眼雁聲，嗓音放緩下來。

「可是，這的確是林家的解方。寶器可收攝詛咒，取代當家的肉身，令當家不再受肉身折磨之苦。只要收藏得當，林家便可如同施家，保全寶器即是保全家族，直到天命告終。然而二位細想一想，這不正是長遠之道嗎？儘管不知林家天命幾何，至少眼下可以確保雁聲小姐誕下嫡親子嗣，或許林家還有十世、二十世的血脈……」

冬玉舍神情一凜。

雁聲沒有說話。

「可是了庵，如何確知這寶器承接了我家的天命？」

「倘若西川先生所說無疑，寶器既然到此，便是已經擇定林家。今日，乃是滿月之日，寶器置放林家直到下一個滿月，屆時鑰匙將會恢復光輝，假如確實如此，便是天命與詛咒轉移賅備了。」

「下一個滿月，那是明年的上元節……」

冬玉舍板滯緩慢的說。

石隼先生伸手在冬玉舍的手背上一拍。

「梓渝，一年之始，是好兆頭吧！」

「是，是好兆頭……我只是，得來不費功夫，反倒神魂顛倒起來了。瞧我，真是！」

冬玉舍說完，鬆快地笑了，糾結許久的眼眉皺摺舒張開來。

始終沉默的雁聲，臉蛋上的血色褪得乾乾淨淨。

蘭鶯心頭一空，俯耳過去小聲說：「不過是騙人的故事罷了。」

雁聲嘴唇微動，聲音幾不可聞，蘭鶯卻清清楚楚地聽懂。

「我是林家的蠶女，林家未來的孩子，孩子的孩子，註定代代都是那為林家吐盡柔絲的蠶女啊……」

七、

說起來，那本來就是沒有任何世間道理可言的癡狂。

蘭鶯自己也莫名所以。

原先只將那少女當作一面自憐的鏡子，怎麼到頭來卻對她徹底傾心呢？

可是啊，那月光照映少女眼睛明澈雪亮，無聲穿透蘭鶯，那心底空洞原先燎原火燒一團烈陽，終歸是如雨潤物，雲露蕩漾，心田便有滿園春色花開花謝了。

總是對蘭鶯表露冷淡孤傲之色的雁聲，想必也完全不知道吧。

月影裡，雁聲以盈滿水光的眼睛投以凝眸，蘭鶯的心底深處便有光折射。

那是無數夜裡的月光，是破曉的曙光，是世間再不能更乾淨透明的光芒。那雙眼睛是蘭鶯萬千珍藏的寶物，是蘭鶯此生此世，千山萬水，唯一的棲身之所。

八、

昭和十一年，上元節，林部爺公館。

紅布上閃閃發亮的青銅古鑰，在蘭鶯下一個眨眼的瞬間就爆炸了。

青銅古鑰化作細屑破片，粉碎的更是寄託於寶器之中的林家百年天命。

屋裡一片混亂。

冬玉舍放聲哭嚎，幾次粗喘以後暈厥在地。

石隼先生出門呼喊幫手援助。

雁聲卻只是無法動彈。

蘭鶯去輕輕地靠在雁聲身邊。

雁聲看著蘭鶯，看了再看。

「真的是妳做的……」

「小姐，再沒有林家詛咒了，您也不必做林家的蠶女。這樣不很好嗎？」

雁聲沒說話，安靜凝望蘭鶯。

蘭鶯著迷於那雙眼睛，微笑漸深。

「妳已經知道了嗎？」

「妾身不知道您說的是什麼。」

「那個詛咒……」

雁聲說著停頓，抿著嘴唇想要忍耐，淚水卻無從克制地滾落臉頰。

蘭鶯溫柔拭去那淚珠。

「那年，果然是妾身替死有成了，是嗎？」

「……」

「所以說，後來發生什麼事情了呢？讓妾身想想……老爺看不見林部爺了，是嗎？如今家裡仍是老爺當家，可是能看見鬼魂的是您了，是不是？這麼說來，近來您的頭疼就是因為詛咒的緣故了？」

雁聲淚流不止。

蘭鶯不禁環抱雁聲的肩膀。

「小姐哭得這樣厲害，妾身會捨不得的。」

「滿口謊言的女人，我不信妳……」

雁聲呼吸艱澀，「妳可知道，那把鑰匙既然承接林家詛咒，鑰匙如今毀滅，恐怕妳也……」

「妾身只想知道一件事，您的悲傷，是不是因為愛著妾身的緣故？」

「……」

「您的心底，有我。」

「……林家有鬼，當家之人所見亡魂，必是當家至愛之人。」

終於雁聲好輕好輕的嘆息，「我的心底，有妳。」

蘭鶯便微笑起來，如深深庭院裡所有的花朵一夕綻放。

「小姐，您是我的蠶女，我是您的牡馬，再沒有比這更好的了。」

酒紅色長毛地毯散落一地青銅古鑰碎成的無數破片，無聲無息，閃閃發亮。

像是月光星屑，像是雁聲的深夜凝眸，像是蘭鶯心底折射的光芒。光芒閃爍，直到天地俱黑。

那是昭和十一年的古曆元宵深夜，林部爺公館裡發生的，不為人知的小小事件。

無可名狀之物

——十二月二十四日送神，大年初一迎神。七天之內，人間無神。日本把神明不在家的十月，稱作「神無月」，這樣說起來，臺灣舊曆年的那七天，應該可以稱為「神無週」吧？

有人跟我說過這樣的事情。

冬季清晨的日光軟軟穿透薄霧落進室內。

我在將睡將醒的狀態回想那天的事情。

——神不在的七天。可以拿來寫小說吧？

那個人微笑說出這樣的話。

那個時候，我是怎麼回應的呢？

——這種題材，好像有點老梗了欸。

好像是這樣的吧？

然後那個人的笑容就添了幾分靦腆，彎彎的眼角折出可愛的弧線。

再然後的事情，我記不清楚了。

我身陷柔軟溫暖的床鋪無法動彈，只能瞇眼望著光線與塵埃發呆。

冬天的床鋪是會吞食人類的妖怪。不是也有這種說法嗎？但這說法不精確，遭到吞食的人類總是可以每天脫困，顯然床鋪妖怪的設定有大bug。如果讓我來設定，床鋪會是在深夜裡攝食人類精力的妖怪，嗯，而且遺留的排泄物會令人慵懶酥軟，睡了還想再睡。神不在的七天，是妖魔鬼怪猖獗的七天，床鋪妖怪也會威力大增。這樣的設定似乎行得通吧……。

啊，這樣胡思亂想真的沒問題嗎？再不起床不行吧？

儘管在心底這樣自我碎念，我還是連一公分也無法移動。

初一早、初二早、初三睏到飽、初四接神、初五隔開、初六挹肥、初七七元、初八完全、初九天公生……。

神不在的七天，早就已經過去了。

今天是初六。開工以後，現代人的舊曆年節也宣告終結。

天沒亮的五點醒來，躺到七點。不要說什麼睡到飽，整個年節以來，我都是睡了跟沒睡一樣。做了夢，就更累。我在夢境和床鋪兩端迂迴遊走，疲倦像是鉛塊，有時候壓得我幾乎想哭。

太可恨了，床鋪妖怪！

——沒有床鋪妖怪啦。

那個人含笑的聲音擅自闖進我的腦海。

——不過，真的有一種跟睡夢相關的妖怪喔。

「啊。」

我忽然睡意全消。

「……說不定是『借過借過』。」

「借過借過」。

這是我隨意亂取的綽號。

「那種妖怪的名字叫做『拾路』。」

我從那個人的嘴裡知道了沒有聽過的妖怪的名字。

不過，我始終沒有知道她的名字。

第一次見面那時，她微笑說叫我阿貓就行了。

好吧。我想，阿貓就阿貓吧。

阿貓也像貓。偏瘦的身軀，薄軟的頭髮在腦後紮成一束，搖晃如貓尾，說話走路有種緩慢慵懶的姿態，被什麼東西所吸引就歪頭凝望，但某些時候會眼神一變，像貓遇見獵物，眼睛亮閃閃的。

聊到妖怪的時候，阿貓的眼睛裡面就有光采。

「『拾路』棲居在人類的夢境裡面，以人類的情感能量為食物。有的『拾路』喜歡人類喜悅的情緒，有的喜歡人類恐懼的情緒，所以會刻意捏造夢境，刺激人類在夢裡產生牠們喜歡的那種情感，然後大吃一頓。要是人類的夢境裡有『拾路』進食，醒來以後就會覺得很累。」

阿貓平常話少，開啟導覽模式才會侃侃而談。

我想了想。

「聽起來好像是寄生蟲。」

「妳說的真好，好精準的形容，『拾路』和人類的關係，的確就像寄生蟲跟宿主。」

阿貓笑起來，不只是眼睛，連臉龐都在發亮。

她就那樣閃閃發亮地笑說，「這種妖怪會叫作『拾路』，主要是因為牠以人類的夢境作為行走通道。平時，『拾路』會固定棲居在一個人的夢境裡面……好，我們就說是宿主吧，這個宿主如果夢見另外一個人，『拾路』就可以開出一個小小的通道，從舊宿主的夢境移動到新宿主的夢境。『拾路』不只是住在夢境裡面，還把夢境當作道路，所以才有這個名字。」

「『拾路』的拾，是撿拾的拾嗎？」

「對啊。」

「這樣不對吧，應該叫作『拓路』，開拓的拓。」

「『拾路』聽起來比較文雅嘛。」

「莫名其妙，妳是從哪裡知道這種事情的呀？」

「是一本日本時代地方鄉紳的筆記，內容寫著筆記主人耳聞與遭遇到的奇事怪物。看日期，是昭和十九年寫的。」

就算我只是玩笑似的吐槽，阿貓仍然一板一眼的如實回答。接著說了那本筆記題名撈月笴記以後，又補充一句：「昭和十九年是一九四四年。」

我忍不住好笑。

「說不定他是騙妳的啊。」

阿貓瞬間睜圓眼睛。

「他、他為什麼要騙我？」

「就算不是瞎編騙人的，是那個人的幻想筆記也不一定嘛！」

「哦……也是，所謂孤證不立嘛。」

面對我的挑刺，阿貓神色認真。

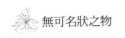

「可是，上面寫起『拾路』這種妖怪，內容相當詳盡喔。比如說裡面寫到，當一個人類與另一個人類之間心意相通、同時夢見對方的時候，要是『拾路』又正好借道而過，這兩個人的夢境就會產生連結，像是兩個人做了同一個夢。這種細節，有微妙的真實感吧？」

「呃，但這種事情是要怎麼證實？」

「……就算沒有辦法證實，」阿貓說，用那雙圓圓亮亮的眼睛望著我，「可是妳不覺得，這種妖怪很羅曼蒂克，很有意思嗎？」

好笨。

我心想，第一次見面那時，怎麼就會誤以為她是優雅如貓的女人？如今看起來像隻笨狗狗啊。

「在我看來，『拾路』只是沒有禮貌的寄生蟲欸。」

「怎麼這麼說嘛。那不然，怎麼樣才算有禮貌？」

「不能隨意說來就來，說走就走吧？至少說一下，借過借過，這樣。」

「哦，借過借過，是嗎？」

「沒錯，借過借過。」

我大大的點頭。

阿貓就歪著身子掩嘴忍笑，笑得眼睛都瞇成一雙彎月。

那是可愛的、笨狗狗似的笑臉。

我們不是只談妖怪。

此前談更多的是神明。

阿貓手繪了一張昭和十年的臺中市街圖，依據那一年的臺中市街範圍，我們走訪現存的大小廟宇。首要是名為福德祠、福德宮、福德正神祠的土地廟。再精確一點說，我們主要的目標，是伏臥在神明座下的虎爺。為了拍攝虎爺的照片，我們也去媽祖廟、王爺廟、關聖帝君廟與三官大帝廟。

昭和十年，西元一九三五年。那個時代的臺中市，在今天來看，是以中區為主，以及輻射出去相當小部分的東、南、西、北區。市郊的指標性建築，西北方是臺中教育大學，東北方是臺中一中，最南端是臺中高農，當時分別叫作臺灣總督府臺中師範學校、臺中州立臺中第一中學校、臺中州立臺中第二中學校。看著古早地圖，才確知彼時臺中市街果然是人工鑿斧痕跡鮮明的棋盤狀規劃。

我們沿著棋盤的格線走路，到了小廟大廟，鑽進神桌底下去拍虎爺。灰頭土臉爬出來，拍拍膝蓋上的香灰，就直起身子去喝小廟附近的紅茶、木瓜牛奶，去吃豆花，吃肉圓和蜜豆冰。

「虎爺好可愛喔。」

「對啊，圓滾滾的眼睛。」

「嗯，還有暴牙。」

「還有捲曲的小尾巴。」

「還有大鼻子。」

「虎爺好可愛喔。」

受到虎爺的魅力所擊倒，我們同時喪失成人語言的組織能力。

我和阿貓不是民俗研究者同行，是網友。

最早是我在社群網站上看見阿貓拍攝的虎爺照片，開始追蹤「AMAO」這個帳號。一個月內幾次長長的留言以後，交換了即時通訊軟體的帳號，我們聊得投契，決定結伴走一趟臺中酒廠舊廠區左後側的長春福德祠。

長春福德祠以上鎖的鐵柵欄隔開神像，小室內裡燈光幽暗看不分明。我和阿貓把臉貼在鐵柵欄上，對小小的、面目模糊的虎爺投以凝望。

石雕的小尊虎爺披著小衣，紅色繫繩在脖子處打結。

正面朝向我們的虎爺，咧嘴微笑，令人心頭柔軟。

「在臺中，正面面對人的虎爺很少見喔。」

「哦？」

「我拍到的，大多數是側著左邊的身軀，把臉轉過來看人。」

「這樣啊，是因為左臉四十五度角最好看嗎？」

我一說完她就笑出來。

鐵柵欄邊她側過臉來看我。

恰恰好就是左臉四十五度角。

「妳講話真好玩。」

她說。有貓一樣優雅的笑容。

我幾乎有點看愣了。

「妳的帳號，A-M-A-O，是綽號？要怎麼唸？」

「阿貓。」

「什麼阿貓？」

「阿狗阿貓的，阿貓。」她微笑說，「叫我阿貓就行了。」

後來我聽阿貓說，她想寫一部日本時代土地神和虎爺的小說，所以著手進行業餘性質的虎爺田野調查。

至於那是什麼樣的小說嘛。

昭和十年，臺中市民上班下班，按表操課，有固定的休假日，與清國時代臺灣人工作起居的習慣大不相同了。臺中市的土地神倡議神明福利應該與時俱進，於是集體罷工搭巴士去日月潭旅行，獨獨遺留地位最低的菜鳥土地神，負責照顧各町土地廟裡的虎爺。菜鳥土地神的第一件任務，就是收服各町裡面特色不一的虎爺——阿貓的小說，聽起來是「貓咪收藏」或者「Pokémon GO」的虎爺小說版。

「所以妳是作家？」

「不是。」

「那是民俗研究者？」

「也不是。」

阿貓對我的問題一一搖頭，「我是混吃等死的尼特族，藺居在家的阿宅，需要找點事情打發時間。」

騙人。

但我沒想拆穿這樣無傷大雅的謊言。

第一趟的長春福德祠之後，我們的「虎爺收藏」有了第二趟，第三趟，第四趟……。第二趟那時，我們首先去了臺中公園西方精武路巷內深處的香蕉福德正神廟。我看見招牌就噴笑，「為什麼是這個名字，是拜香蕉的嗎？」阿貓笑咪咪說，「因為日本時代的這個地段種植很多香蕉，叫作香蕉園仔。」隨後，沿著精武路往中華路方向直行，只一小段路就抵達大湖福德廟。當我問：「大湖不是在苗栗嗎？大湖草莓那個。」阿貓便回答說：「臺中在現代化以前，到處都是低窪沼澤，這裡從清廷時代開始就叫作大湖仔。」

單說這些知識量就好了，阿貓如果是「混吃等死的尼特族」，那我這個碩士班讀到第四年的研究生就應該一頭撞死。

我與阿貓認識的夏末，正值我的碩士班四年級第一學期開學。

沒有修課，我每天的工作是看電影和寫論文。交出去的論文計畫題目，叫作「民俗、民藝、地方性：臺灣當代影像文本中的鄉土景觀」，主題是當代電影裡的民俗文化與地方性生產。我喜歡電影、民俗，也喜歡研究，但論文寫到四年級，熱忱差不多被論文妖怪吞吃乾淨，經常感覺心靈枯竭有如砂礫荒漠。

跟著阿貓，卻像有活水滋潤，多巴胺泉湧，聽她開啟導覽模式講半天的話，心情愉悅像是聽她在唱歌，連爬行桌底的身手都矯健了。

我喜歡聽阿貓說起那些神明的事情。

自然神崇拜的大樹公、石頭公，動物神崇拜的虎爺、獅爺、狛犬，開拓神崇拜的土地神、城隍爺、王爺公、媽祖婆。不過，媽祖、王爺也是人鬼神崇拜的一種。

「人鬼神崇拜，中正廟裡面的那個算嗎？」

我舉一反三。

阿貓看我一眼，抿著嘴笑。

「妳笑什麼？」

「臺北淡水的魁星宮，有拜一尊『蔣公中正天尊』喔。」

「真的假的？」

「真的。」

「真的假的啊？」

「真的啊，應該是歸類在王爺公，王爺公信仰包山包海的。」

阿貓一點沒有說謊的模樣。

我差點脫口說「那我們下次去淡水看看」，幸好迅速把話頭咬在嘴裡。

阿貓接著說，日本殖民者來到臺灣，明治年間便進行臺灣民間的舊慣調查，留下當時的臺灣信仰紀錄，土地神的信眾數量位列第一，其次是王爺公。

在此之前，我連王爺廟都沒有注意過。

王爺也叫作千歲爺。

第三趟，我們就去成功路與篤行路之間的五府千歲保安宮。高大的廟宇擠在窄仄巷弄裡面，處處都是單行道，沒有人帶路不知道怎麼走。我跟隨阿貓燒香拜拜，最後一炷香給虎爺。蹲下去一看，寫著「虎將軍」的洞窟裡窩著一橫排的五隻虎爺。

我看向阿貓，阿貓看向我，我們對著彼此露出笑容。

「怎麼會有五隻？」

「不是『隻』，是『尊』。」

阿貓糾正我。

「哦，說錯會怎麼樣嗎？」

「說不定，半夜會去找妳玩哦。」

「那樣好像不錯欸。」

「小心天譴。」阿貓笑說。

「超歡迎，快點來。」我賊笑兩聲。

我還順便幻想了一下五隻小老虎在床上蹦蹦跳跳的奇景。忽然間福至心靈，想起阿貓之前說過，虎爺是神明的腳力、座騎。

「欸欸，五隻虎爺，是剛好給五府千歲一人一隻嗎？一人分配一輛JAGUAR

這樣。」

「……」

阿貓默然表示眼神死。

也太不給面子了。

我用手指戳戳阿貓的肩膀。

「我問妳喔，虎爺是動物神崇拜的一種，那也算是妖怪的一種嗎？」

就是那個時候，我們第一次談起妖怪。

論文妖怪，床鋪妖怪。

然後，是「拾路」，「借過借過」。

妖怪，到底是指什麼？

妖怪，鬼，神，靈魂，有什麼差異？

虎爺是妖怪的一種嗎？

鬼魂是妖怪的一種嗎？

石頭公、大樹公這類自然崇拜，雖然說是神明，但不能算是妖怪嗎？

如果有人這樣問我，我應該會回答「所謂的妖怪，首先要看怎麼進行定義」。狡詐的文學院研究生話術之一。或者話術之二，「嗯，這個問題意識不錯，可以寫一篇論文」。

阿貓卻因為我的提問而歪著腦袋，認真思索起來。

「就字面解釋，將『妖』與『怪』拆開來讀，指的都是異於常態的事物、狀態。要是這樣說的話，只要是非人類、卻被賦予擬人形象的超自然力量，都應該視作妖怪。不過，具有信仰意義上的超自然力量，因為成為人類的精神與心靈寄託，帶有正面的形象與意義，所以不會被當成妖怪……嗯，如果按照這個邏輯，可以說『妖怪』在宗教化以後，就會變成神明吧。」

阿貓的總結是這樣。

「妖怪，說不定應該當作一種物種來看待。比如說虎爺，有一個常見的故事是說，地方有老虎精怪，被神明法力所收服，於是老虎精怪升格成了辟邪鎮煞的虎爺。本質沒有改變，變化的是名稱。要是把妖怪當作一種物種，這樣就說得通了，不是嗎？」

我學她歪著頭想了想。

「好吧，這樣說好像很合理。」

「對吧？所以，虎爺是妖怪的一種，石頭公、樹王公也是妖怪的一種。人死為鬼，鬼也是妖怪的一種。物種底下有無數不同的個體，這樣也能解釋同一種妖怪、鬼魂、神明，卻各自擁有不同的個性。嗯嗯，真是茅塞頓開。」

阿貓說完，明明是她自己歸納分析的，卻又自己點點頭表示贊同。

看起來好笨。

我指出：「會說出這種論點，代表妳不相信這個世界有神吧。」

「是呀。」

「小心天譴。」

我用阿貓的話反將她一軍。

阿貓卻朝著我微笑。

「別說我，妳也不相信有神。」

「對，我還比較相信有妖怪。」

「可是按照剛才的討論，妖怪改了名字，就變成神明啦。」

我被阿貓說得一頓。

總覺得是玩輸了文字遊戲。名字不名字的，繞得我暈頭轉向。

桌面安靜下來。

阿貓喝了幾口的冰拿鐵，杯壁水珠流淌，濡濕杯墊。

我的空盤只遺留檸檬塔的塔皮碎屑，琺瑯杯裡的黑咖啡幾乎見底。

偶爾我會想，約在咖啡廳裡聊妖怪和神明，我們也是有夠怪異的了。

「阿貓，妳到底叫什麼名字？」

「就說不要問嘛。」

「這不公平，妳知道我的名字，我不知道妳的。」
「我的名字很無聊，比起來妳的多好啊。」
「羅蜜容，哪裡好啊？」
「『蜜容』，把甜蜜的、美好的都收納起來了。哪裡不好？」
「拜託，我從小到大被笑慘了，都怪我媽少女心爆發啦。而且，最早也不是要寫成這個『蜜』，是沒有虫字的『宓』，那樣還好一點呢！」
我沾了她玻璃杯壁的水珠，在桌面上劃出「宓」字。
「哦，是洛神宓妃的宓，感覺很溫柔。」
「現在是不溫柔的『蜜』了。」
「現在的蜜容，跋扈又甜美，我覺得也很好。」
阿貓說話的聲音含笑。
我頓了頓，把視線從桌面移到阿貓臉上。
阿貓還是那樣的笑臉。

「……妳到底叫什麼名字？」

「就說不要問了嘛。」

沒有答案。

妖怪或許可以有個操作型定義，這個世界卻不是所有事情都能釋義。

中區的臺中媽祖萬春宮，雍正初年以藍氏家族的私廟藍興宮建廟落成，嘉慶、道光之世私廟轉為公廟，改名藍興萬春宮，而後以萬春宮之名留芳。到了日本統治的明治年間，臺中推行市區改正，百年古廟一夕剷除。妖怪也好，神明也好，面對握有政治權力的人類也是法力失效。

「這個世界就是這樣的嘛。」

阿貓說。

如今的萬春宮是在戰後重建而成。百年萬春宮原址所在是市中心的中央地段，諸多信徒奔走，勉強買下一塊小地，重新蓋回一座小小的廟宇。

萬春宮也有虎爺，隔在木柵欄內的媽祖神龕底下，信眾大多不知道萬春宮配祀虎爺。阿貓說她問過兩次，廟方都沒有鬆口讓她進柵欄拍照。

「他們為什麼不給拍呀？」

「也沒有什麼原因的樣子。」

「拍了照片，虎爺也不會少一塊肉啊，萬春宮小氣什麼。」

「可是這種事情也不是要求了，就一定要回應的吧。」

阿貓接著就說了那句，「這個世界就是這樣的嘛。」

我跟著阿貓的「虎爺收藏」，第四趟是中華路夜市一帶的撫順將軍廟順天宮與北極玄天大帝廟靈震宮，第五趟是忠孝夜市一帶的媽祖廟妙天宮、城隍里福德祠與信義福德祠，第六趟是自由路三段上的關聖帝君廟南天宮與三官大帝廟青龍宮，還有第七趟，第八趟……。

我們沒有去百年的臺中媽祖廟萬春宮。

「因為去了也看不見虎爺。」

阿貓說。

我過後才咀嚼出點什麼。

最初我追蹤那個名為AMAO的帳號，多數都是虎爺的照片。偶爾不是虎爺，會是廟宇的剪黏與交趾陶，或者壁畫及門神彩繪，有個貼文標籤是「#虎爺不在家」。我回去翻阿貓以前的照片貼文，循著標籤確認了內心的猜想。

阿貓早就探過路了，所以我跟著阿貓，才會一次都沒有撲空。阿貓卻隱藏探路的痕跡，總在我們同行過後才發表照片貼文。

為什麼要這麼做——這個問題，是能夠得到釋義的事情嗎？

我沒有答案。

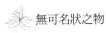

第九趟，第十趟，我還跟著阿貓，走著走著就走進了年底。

我們走出宮廟，走進香蕉福德正神廟對街的豆乳紅茶冰老店，走進五府千歲保安宮小巷弄裡的無名紅茶老攤子，走進老冰菓室，走進小咖啡廳，走進第二市場和忠信市場，走進紀念館、文學館和美術館，走進獨立書店和電影院。

我們走進我讀碩士班的學校，走進學校裡的黑森林。

黑森林裡面樹蔭幽深，阿貓撿起在不對的季節裡落果裂出的桃花心木種子，伸長手往上一拋，長了翅膀的種子便從空中打著螺旋緩緩降落。阿貓仰頭凝望，臉上有笨狗狗般的笑容。幽深的黑森林，只有她的臉蛋白皙發光。

我看著阿貓的笑臉，心想這是能夠得到釋義的事情嗎？

我心想，我又想得到什麼答案？

但我和阿貓終究要走到最後一趟。

昭和十年的臺中市街範圍不大，我們早就走出那一年的棋盤格線。

比如從學校側門出去，綠川岸邊的頂橋仔頭福德宮，比如三民市場裡面的聖母宮。

三民路一段開頭處，看似荒廢的三民市場，聖母宮蓋在幽暗鐵皮屋頂底下，九列鮮紅的燈籠暖暖發光。阿貓和我從桌底先後鑽出，起來的時候她拉了我一把。我仰起頭，看見燈籠紅光照在阿貓的臉上。阿貓歪著腦袋看我，用那雙圓圓的亮亮的眼睛。

「妳看什麼？」

我惡狠狠說。

阿貓安靜了一下。

「我覺得妳好看。」

我竟然像溺水，呼吸困難。

「……但我不是，」我找到聲音說，「我們都是女生。」

阿貓就笑起來。

「我也不是，」她說：「我也以為我不是那樣的喜歡妳。」

我們走出三民市場的聖母宮，走進市場對面的小公園。一塊大石刻著公園的名字。公館公園。

「這裡為什麼叫公館？」

「不知道。」

「妳也有不知道的事情喔。」

「我也有不知道的事情啊。」

阿貓和我都沉默下來，繞著公園外圍走路。

沒有寒流的十二月不算太冷，只是天黑很快。

四點半，天色一點一點黯淡下來，黑幕降臨以前，滿天有灰燼一樣顏色的彩霞。公園裡桂花盛開，與其他草木的氣味融在一起，又甜又澀。

我勉強從肚子裡搜出話題。

「妳要寫的小說，那個主角，是哪一個町的土地神？」

「初音町。」

「為什麼？」

「對阿宅來說，還有哪一個町名比初音更好嗎？」

「呃，初音，妳是說那個音樂軟體嗎？」

「對啊。」

「等等，妳這阿宅不是應該回說『不服來戰』嗎？」

「我不是那種風格的阿宅嘛。」

「……好吧，我知道。」

「妳怎麼知道？」

「因為我，一直看著妳。」

我這麼說，阿貓便發出苦笑聲。

好笨。

我心想，我和阿貓都是。

「妳覺得可以試試看嗎？」阿貓說。

「我好像不行。」我說，「那妳呢？」

「我好像也不行。」

「嗯。」我說，「那初音土地神，要收藏幾隻虎爺啊？」

「不是隻，是尊。」

「……」

我和阿貓並著肩膀走路，公園外圍一圈走得再慢也不過五分鐘的腳程，我們卻走了又走。

數不清走到第幾圈的時候天空徹底漆黑了，我停下來。

「再走五分鐘吧。」阿貓說。

「又不能怎麼樣。」我說。

「是啊。可是，再走五分鐘好嗎？」阿貓說。

然後我們又走了五分鐘。

十分鐘。

十五分鐘。

二十分鐘……。

「妳，到底叫什麼名字？」我說。

「現在還有必要知道嗎？」阿貓說。

「正因為是最後了，才想知道啊。」我說。

「正因為是最後了，知道也沒有什麼意義嘛。」阿貓說。

問答跟腳步一樣，都是繞圈圈。

但我和阿貓終究走到盡頭。

說起來，我和阿貓從一開始就相當投契。或許是這樣，作風也相似。

離開公館公園，我和阿貓便不再聯絡了。

狠下心來，不上社群網站看她的照片貼文，不看通訊軟體有沒有她傳來的訊息。我也不貼文，不傳訊息。最好是全面封鎖，但這一項，我遲遲還沒有狠得下心來。轉眼就跨過了一個年，進了舊曆年節。阿貓跟我一樣，狠心的，不狠心的，都一樣。我們真沒有再聯絡了。

舊曆年節，親戚妖怪傾巢而出。妳什麼時候要畢業妖怪。妳交男朋友了嗎妖怪。妳有沒有要考公職妖怪。幫妳介紹對象好不好妖怪。妳什麼時候要畢業妖怪……嗯，妖怪輪迴湧現，屬性還會重疊。每個妖怪出現，我就想到阿貓，整個年節都煎熬，燒心燒肺到初五開工，妖怪全員解散。

我睡了跟沒睡一樣。

夢裡都是同樣的場景。紅色的燈籠，紅融融的燈光底下阿貓臉蛋有暖色。我惡狠狠說「妳看什麼」，她說「我覺得妳好看」。

我幾乎要哭了，卻總是在流淚以前醒過來，張眼看見窗外黑黝黝一片沒有絲毫光芒。

想起床，床鋪妖怪纏著我走不動，只好凝望天色從黑轉青，從青轉白。

我躺了好久好久都沒辦法從床鋪爬起來，連一公分也不能移動。

這份倦怠疲累，真的會是「借過借過」嗎？

那隻「借過借過」該不會偏食人類厭世的情緒吧？

好想傳個訊息給阿貓。

為此從床頭摸索來的手機，都在手裡握得溫熱了。

——「借過借過」不只沒禮貌，而且不公平。既然吃了人類的情感能量，按照道理來說，應該要有點什麼回饋，像是植物會光合作用那樣，不是嗎？

我握熱了手機，到最後也沒有傳這個訊息。

問了也沒用，這種問題會有答案嗎？像是那天在公園外圍繞圈，天亮走到天黑，像我好幾天在床上反覆問自己，天黑躺到天亮。

我們都沒有答案。

更早之前，有過這樣的事情。

我與阿貓剛剛認識的那個時候發生的事情。

大正年間，臺中正式施行町名改正，市區劃分為三十一個町。

阿貓比劃著手繪的地圖說，臺中火車站所在的橘町向上出發，綠川町、榮町、大正町、寶町、錦町、新富町、柳町、初音町、若松町、梅枝町，逆時針繞回，川端町、末廣町、旭町、村上町、利國町、幸町、明治町、千歲町、壽町、老松町、敷島町、木下町、有明町、曙町、花園町、楠町、櫻町，還有東側近郊不是棋盤裡的高砂町、干城町與新高町。

我們第一次見面的長春福德祠，是敷島町。

阿貓說，「我住在利國町。」

「我是南屯人。市區有町名，我們那邊沒有。」

「臺中市區以外不設町名，都叫作『大字』。妳家是舊地名犁頭店那邊？」

「是番社腳。」

「哦，說的也是。」

「怎麼說？」

「妳姓羅，番社腳以前是平埔族的聚落。」

我想了想。

「利國町，是不是臺中女中後面的眷村，妳是外省第三代？」

「哇，妳是福爾摩斯嗎？」

說著這種話的阿貓，明明比我更像偵探。

但我把下巴一抬，「畢竟我也有研究生的尊嚴啊。」

阿貓彎著眼眉笑起來。

那笑容令人目眩。

我慢慢的定定的看著阿貓。

夏末的夕陽照亮阿貓的臉蛋，以及她臉蛋上細細的絨毛。

有傍晚的風吹，微風吹拂那絨毛顫顫起伏，宛如海浪。

原來，我早就被那海浪吞沒。

年節結束。

各路神明妖怪人類都上工了，我還是混吃等死的研究生。

南屯舊名犁頭店所在的媽祖廟萬和宮，過年期間人潮洶湧，香火薰得人雙眼流淚，開工以後很快恢復常態，平日的拜殿裡就幾個老人閒坐聊天。

跟臺中萬春宮一樣，萬和宮的虎爺也鎖在木柵欄裡，我去問服務台能不能拍虎爺，那阿桑用一臉無法理解的表情看著我，說這得問問總幹事。而我按照指引找到總幹事，對方只冷冷問我「妳是要幹嘛」。

是啊，我也想知道我要幹嘛。

我沒拍成虎爺，回到家，破戒去點開社群網站「AMAO」的頁面。

新增的照片貼文有十數張。為首的虎爺照片看起來形貌扭曲醜怪，瞪眼張嘴如蛙，沒有老虎的模樣，原先黃底虎身的色彩褪盡，露出黑黑灰灰的斑塊。貼文寫著「臺中南屯萬和宮媽祖座下虎爺」。日期，就是今天早上。

我呼吸艱澀。

想了又想，終於我再走了一趟三民市場的聖母宮。

鮮紅色的燈籠底下，我竟然毫不意外看見阿貓站在那裡。

「欸。」

「嗯。」

「……我問妳，那個『借過借過』啊，吃了人類的情感能量，不是應該有點什麼回饋嗎？那本筆記裡面沒寫這個嗎？」

「妳不是說它像寄生蟲嗎？如果是寄生蟲，還要求什麼回饋嘛。」

阿貓說完，對著我微笑。

我不知道我有沒有對她微笑。

「昭和初年的臺中市街，包括臺中在內有十個大字。頂橋仔頭、下橋仔頭，就在妳學校附近。公館，是其中一個大字。」

「妳是想說這裡為什麼叫公館嗎？」

「沒有，我還不知道，」阿貓笑笑說，「我還沒有心力去查。」

「但我查了。」我說，「藍興萬春宮的藍氏家族，是福建水師提督藍廷珍在雍正初年帶來臺灣的。藍廷珍在臺中這一帶設立藍興莊，一直到日本統治的初期，舊臺中市到舊臺中縣有一大塊都叫作藍興堡。這裡，是藍廷珍為了田租公務而設立的公館所在，所以有了這個地名。」

「妳查得好仔細，花了很多工夫吧。」

「這種有答案的事情，查起來根本不累。」

「……說的也是。」

「『拾路』，」我說，「是長什麼樣子的啊？」

「可能沒有形體吧，文獻上沒寫。」

「哪有這樣的。」

「就是這樣的啊。」

阿貓說，小聲嘆氣。

紅燈籠底下，阿貓白皙的臉蛋被照映得暖融融的。

「這個世界就是這樣的嘛。不是什麼東西都有形體，不是什麼東西都有名字，不是什麼東西都能夠形容、都能夠被描繪出輪廓的。可是，就算沒有形體，沒有名字，沒有辦法形容，沒有辦法勾勒輪廓，會存在的東西，就是會存在。妳說不是嗎？」

我聽得想哭，才發現臉上濕漉漉都是淚水。

阿貓靜下來看著我。

那目光，也叫人燒心燒肺，燒得我胸口洞穿，裂成碎塊。

「其實，我們可以試試看吧？」阿貓說。

「妳到底，叫什麼名字？」我說。

阿貓頓了頓。

「姓毛，名國惠。A-M-A-O，是阿毛，我從小到大的綽號，到了高中，改叫阿貓。」

阿貓這次講得仔細。

「國是國家的國，惠是恩惠的惠。很蠢吧？」

「……妳真的說了。」

我感覺恍惚，如在夢中。

阿貓朝我笑了笑。

「反正是夢嘛。」

那話像花落到地上。

花落地面，我就醒來。

身陷柔軟的床鋪，窗外天際泛青，隱約有清晨的鳥鳴。

我向來淚腺閘門死緊，摸了摸臉，果然沒有淚水。

但夢裡的痛楚還在，連阿貓的名字也清清楚楚。

說不定是「借過借過」……。

我甩下床鋪妖怪，去開了電腦。

把「毛國惠」丟進搜尋引擎，查圖片，看見好幾張阿貓的照片。

我呆愣著，將照片一一點開。

長髮披肩的阿貓。頭髮薄短的阿貓。戴著眼鏡的阿貓。畫著淡妝的阿貓。穿著學生制服的阿貓。研討會裡一身套裝的阿貓。

還有阿貓以本名開設的另外一個社群網站頁面。

大頭貼照上的阿貓沒有望著鏡頭，看似在什麼活動裡被側拍下來，神情有幾分冷漠疏離，像我們第一次見面時那優雅如貓的樣子。

我看著那頁面發呆，胸口什麼東西揪得緊緊的。

手機忽然震動，有即時通訊軟體的通知。

是阿貓傳來的訊息。

「昨天晚上，妳有夢見我嗎？」

我眼睛發熱，長長的吸一口氣，吐一口氣，過了好久才終於回傳：

「其實，我們可以試試看吧？」

解說

詠恩和英子的放課後TEA TIME

《地上的天國》臺中地景元素解說

文／楊双子

昭和九年（西元一九三四年）的春天，倘若詠恩未曾香消玉殞於大肚山高爾夫球場，順利升上臺中州立臺中高等女學校四年級，想必會跟學妹英子共同度過高女最後一年的愉快校園生活。那麼，要是兩名少女之間存在著「臺中市街徒步約會地圖」小手冊，該會是什麼模樣呢？就讓我們跟著詠恩和英子，從校園出發，漫步體驗昭和少女的「放課後TEA TIME」吧！

臺中州立臺中高等女學校

今日所在位置：臺中市西區自由路一段95號

即今日的臺中市立臺中女子高級中等學校。一九一九年創校，原為二年制的「公立臺中高等女學校」，一九二一年改為四年制的「臺中州立臺中高等女學校」。

臺中高等女學校的學生組成，九成為內地（日籍）人，本島（臺籍）人占一成或低於一成。詠恩與英子屬於校園裡極少數的本島人，之所以相隔兩個年級而結為摯友，諒必也跟族裔有所關連。

圖片出處：臺灣數位文化中心／陳慶芳

臺中州立圖書館

今日所在位置：臺中市中區自由路二段2號

建築物即今日的合作金庫臺中分行。臺中州立圖書館為臺中州廳建立的公共圖書館，一九二三年五月臺中州立圖書館獨立建館，一九二九年十月遷至今址之新館舍，藏書可達五萬餘冊。

距離臺中高等女學校步行僅五分鐘的臺中州立圖書館，設有兩間書庫及普通閱覽室、兒童閱覽室、特別閱覽室、婦人閱覽室、新聞雜誌閱覽室，是老少咸宜的公共空間。詠恩和英子並肩閱讀雜誌、小說，看到莞爾處彼此相識一笑，這種情景肯定發生過無數次吧！

圖片出處：中央研究院臺灣史研究所檔案館典藏

臺中公園及臺中神社

今日所在位置：臺中市北區雙十路一段65號
即今日的臺中公園。
臺中於一九〇三年進行市區改正計畫，規劃興建臺中公園為現代化公園，並於同年落成。一九一〇年，地方人士發起於公園內籌建臺中神社，一九一二年完工開幕，成為在地神道教信仰中心。一九三七年「支那事變」（中日戰爭）後戰爭越演越烈，始有學校規定學生必須固定前往臺中神社參拜，日後亦有臺中高等女學校學生在臺中神社歡送軍人出征的影像紀錄。

尚未進入太平洋戰爭及皇民化運動之前，詠恩與英子前往臺中公園肯定是單純的約會。占地遼闊的臺中公園設有總督兒玉源太郎與民政長官後藤新平的雕像，成為市民約會的集合地點，也許詠恩曾經跟英子這樣說過：「這個禮拜日，我們就在後藤長官前方見面吧！」

圖片出處：中央研究院臺灣史研究所檔案館典藏

水源地及水源地運動場

今日所在位置：臺中市北區雙十路一段與二段交接周邊地帶
即今日的臺灣體育運動大學、臺灣自來水公司第四區管理處、歷史建築臺中放送局、臺中體育場。
因應臺中市街的發展規劃著手的水道建設，鑿井汲水貯於淨水塔，供應全市使用，此地稱為水源地。貯水塔建成於一九一六年，成為著名觀光景點。後為一九二五年天皇銀婚奉祝紀念，建設水源地運動場。一九三五年發行之臺中市街圖已可見此區域有游泳池、棒球場、貯水塔、台灣放送協會臺中支部、運動場等。

本島人對於露出肌膚的態度比內地人保守，詠恩和英子或許不會結伴去游泳，不過一九三一年臺中市街就出現結合汽車與咖啡屋的「行動咖啡屋」，當臺中公園、水源地及運動場開辦活動時，便會出動販售。由於行動咖啡屋與咖啡廳的服務性質明顯不同，少女詠恩和英子說不定也曾在水源地共享咖啡時光呢。

臺中教會

今日所在位置：臺中市中區興中街119號
即今日的柳原教會。
由會友奉獻、英國母會後援、梅甘霧（Rev. Campbell N. Moody）牧師提供英國教會建築圖樣，於一九一五年興建，一九一六年竣工，一九一七年正名為臺中教會。基督教長老教會在臺灣中部原據點為彰化，自此誕生臺中市據點，成為臺中地區基督徒信仰中心。

虔誠的基督徒詠恩，每個禮拜日都會與家人前往臺中教會。可是，臺中教會鄰近臺中公園，作為延伸路線，是不是存在著詠恩與英子約定在教會大門見面，禮拜結束後展開兩人的約會行程呢？不無可能吧！對於住在頂橋仔（今臺中市南區）的英子來說，必須步行三公里才能抵達臺中教會，這肯定是真愛。

唉呀！昭和少女的「放課後TEA TIME」時間有限，「臺中市街徒步約會地圖」小手冊篇幅也有限，許多可以一逛的地方，諸如堪稱臺中市樞紐的臺中火車站及周邊，臺中市戲院如臺中座、天外天與娛樂館，商店群聚的新盛橋通、大正町通、新富町通，景緻優美的綠川與柳川，熱鬧鮮活的第一市場與第二市場，都只能視作遺珠之憾了。英子啊，往後請撐傘帶著詠恩（鬼魂版）去約會吧！

荷舟與茉莉的遠行野望

《昨夜閑潭夢落花》時代背景解說

文／楊双子

「金子常光的臺中神社有三座鳥居。」

「可是歷史影像看起來只有兩座鳥居。」

發現這件事情的時候，《昨夜閑潭夢落花》的漫畫原作與編輯之間有了這樣的討論。

所以，當時的臺中神社，到底有幾座鳥居？在日本時代的地圖繪師金子常光筆下，鳥居有三座。一座位在今自由路二段與公園路交岔口的臺中公園入口處；另兩座則一前一後立在今靠近精武路側、現已不存的臺中神社參道前方。然而翻閱影像文獻，多半只看見其中兩座鳥居，即臺中公園入口一座大鳥居，臺中神社入口一座小鳥居。

儘管影像如此，我後來查到一段這樣的文字：「神社位於臺中公園內的兩座鳥居，是以石頭打造，而位於公園外的大鳥居，則是以銅金屬來打造。」原文出自臺中地方文史工作者林良哲的《日月湖心：臺中公園的今昔》（二〇一六，一四〇頁）。今時臺中公園有一座放倒於地面的鳥居，即可從石材差異辨識出它是由兩座石頭鳥居拼湊而成的。有實證如此，看來當年確實是有三座鳥居了。

目前大多數的歷史照片中都只有出現此座小鳥居及一座大鳥居。

資料出處：臺灣史檔案資料系統／中央研究院臺灣史研究所檔案館典藏

為什麼花這麼多篇幅談鳥居呢？看完漫畫〈昨夜閑潭夢落花〉的讀者，想必還記得荷舟與茉莉的課堂作業，就是攜手調查臺中市地貌與河川的變化吧？故事裡的「水鹿傳說」雖然是虛構，卻其實也是古臺中的象徵。而鳥居在此，便是一個樞紐，為我們開啟臺中這座城市的曲折身世之謎。

每到一個地方，學生們都會在當地的著名景點前面合影留念。
資料出處：臺灣史檔案資料系統／中央研究院臺灣史研究所檔案館典藏

◆臺中城市面貌的殖民痕跡

金子常光於昭和十年（西元一九三五年）繪製「臺中市要覽」，莊永明編撰《臺灣鳥瞰圖》即收錄此圖並說明：「圖上左方可見北界大甲溪、東北的大安溪，往上望，正是縱貫鐵路海線北上的大甲、竹南……臺北、基隆等地。南繞的大肚溪上游分有二源，一為北港溪、一為南港溪，合流後後稱烏溪。」而在溪流環繞的中央地帶，就是昭和初期的臺中市了。攤開鳥瞰圖可見地標如白色名條一一列名，只有兩個地標以黃色名條標記：「臺中驛」（即臺中車站）與「臺中公園」。

這也是〈昨夜閑潭夢落花〉最主要的地景。

金子常光筆下井然有序的臺中街道，乃是歷經日本帝國殖民政權縝密執行的都市計劃，徹底「打掉重練」而生的新興城市。若時光回溯至清國時代，地下水源豐沛的臺中盆地樣貌並非如此，未經統一規劃的路徑街巷，雜蕪的沼澤水道，彼時臺中叫作臺灣省城，首任臺灣巡撫劉銘傳欲築城牆而未果，並無相符「臺灣省城」之名的氣派格局。

日本殖民統治期間，臺中市歷經三次市區改正計畫。一九〇〇年是第一次，因僅有局部施行，一九一一年起重擬並執行最具規模的第二次改正計畫，這個棋盤狀的新興城市就此大致成型。自一九〇八年縱貫鐵路運輸開通，臺中作為島嶼中部貨物集散中心而吸引產業與人口移入，城市空間急遽變化，因而再於一九三五年籌劃第三次市區改正。

如同規劃棋盤狀城市那樣斬釘截鐵，殖民者強行將臺中城池、水道與地貌改頭換面，變更的不僅是地理紋路，更是人文肌理。清國雍正初年建廟的臺中媽祖廟萬春宮恰好位在改正範圍，百年古廟一夕剷除，那一年是大正二年（西元一九一三年），時值臺中市的第二次改正計畫。不遠處的臺中公園，同一年正有臺中神社以社格「縣社」而立，主祀日本開拓三神與北白川宮能久親王。臺中地貌、族裔、民俗、信仰之變化，就在萬春宮與臺中神社的更迭裡留下痕跡。

日本神社建築中，咸認鳥居為「結界」，是俗世與神域的關隘。彼時帝國政權底下的鳥居確實也是一種結界，俗世裡展開殖民者對被殖民者的文化神威。

◆日治臺灣版本的「世界那麼大，我想去看看」

〈昨夜閑潭夢落花〉的故事落在昭和十年至十一年間，荷舟與茉莉日日步行踩踏的，便是金子常光圖繪裡的城市街道。

以水路運輸作為聚落發展要件的清國時代已然過去，鐵路作為現代化都市的象徵，實際扭轉了一個城市發展的形式。臺中盆地因著鐵路迎來前所未有的繁榮氣象，而這個由帝國之手斷然整形的城市，其空間變化的影響，並不僅限於地貌、族裔、民俗、信仰，其實也包含性別。

「空間就是性別」。清國時代女性所能移動的空間相當有限，即便是從事勞作的女性也多半待在相對的私領域空間，主要作為家庭勞動力，工作多是家務或幫傭，無從涉足公領域空間。「三從四德」的三從之謂——未嫁從父、出嫁從夫、夫死從子，便直指女性的空間移動必須依附男性親屬。直到帝國殖民者帶入殖民地的現代化設施與教育，改變了這個狀態。

交通運輸路線的拓展，女子現代教育的落實，現代化工商業與都市服務業的興起，使女性得以全面性地從私領域走進公領域。往昔女性的「身體」是從屬於親族的，身體及身體的勞動與生產所得皆為家族的「財產」，而在進入現代社會之後，女性進出公共空間的機率大幅增加，也相對地令她們得以透過接受教育、謀求職業、體育運動、競技比賽、外出旅行、社會運動、自由戀愛等方式奪回「身體」的自主權。

漫畫裡有這樣的場景：荷舟與茉莉曾經攜手凝望臺中車站，蒸汽火車頭的汽笛鳴響裡茉莉許願般喃喃自語：「總有一天，要去到遙遠的地方……」這是日本時代臺灣少女版本的壯遊夢想。

當時的殖民地島嶼臺灣，女學生們的空間移動已是常態，登山步道與海水浴場皆為流行的旅行選項，甚至修學旅行即遠赴日本內地，長途旅行不在話下。

根據日本時代運輸研究指出，大正年間的臺中車站與日本郵船株式會社、大阪商船株式會社，以及日本國有鐵道車站已有旅客與貨物的聯絡運輸——白話的說法是，比方你想從臺中車站到東京車站，那麼可以在臺中車站輕鬆便利地買到票券，一路從臺中搭火車到基隆，轉乘客船自基隆港到門司港，再由門司車站搭火車至東京車站。（二〇二〇年的臺灣和日本之間可沒有這種聯絡運輸啊！）這樣的高度便利性大幅減低旅行所需的心力成本，當然也增加女性出行的機率。

正因為是這樣的時代背景，女學生茉莉心懷遠行的想望並不奇怪，不過對茉莉來說，「遙遠的地方」或許不是指物理距離吧！

日本時代高等女學校畢業的摩登新女性，有些繼續升學，有些進入職場，有些發揮稟賦成為記者、作家、醫師、音樂家、舞蹈家、革命家……可是當中的絕大多數，都在短暫的少女夢想實現或者幻滅以後，再度走入婚姻家庭。

畢竟，即使是在帝國全面引進現代文明的島嶼臺灣，身處無論民俗、地理、性別文化都在一日三變的時代，這個世界對多數女性來說仍然充滿侷限，距離真正的自由相當遙遠。

折下水鹿犄角可以許下願望，但要背負詛咒以付出相應的代價。換作是你，會選擇折下犄角嗎？

若說真實的鳥居是個樞紐，虛構的水鹿犄角傳說便是象徵。鳥居開啟臺中城市身世之謎，水鹿犄角傳說則揭露這個城市裡更加幽微、鮮為人知的少女困境。〈昨夜閑潭夢落花〉所呈現的故事舞臺，於是跟史實的臺中城市相同，殘酷與美好並存，令人無比著迷。

昭和年間臺北第三女高的畢業旅行曾經乘船至日本周遊廣島、大阪、京都、博多、東京等地。

資料出處：臺灣史檔案資料系統／中央研究院臺灣史研究所檔案館典藏

雁聲與蘭鶯的書房風景

〈庭院深深華麗島〉日治時期臺灣的女子教育

文／楊双子

這個平凡的一日早晨，蘭鶯進庭院剪花，而雁聲在富麗堂皇的自宅書房俯案練字，默書《中庸》第二十章：「故君子不可以不修身。思修身，不可以不事親。思事親，不可以不知人。思知人，不可以不知天……」

〈庭院深深華麗島〉蘭鶯剪花、雁聲練字的開場，時值一九三〇年，此時蘭鶯二十歲，雁聲十六歲。從建築、傢俱、服著到典籍，因著太平林家的漢學家風與國族認同，舉家上下所展現的皆是中國古典美學作風。不過，同一時間日本殖民統治政府正在廣泛施行現代女子教育，日後以少女漢詩人之姿躍居傳統詩壇舞臺的雁聲，究竟經歷什麼樣的養成教育呢？

◆日治臺灣女性的教育概況

根據許佩賢《殖民地臺灣近代教育的鏡像》統計顯示，一九三〇年代作為一個轉折點，臺籍學齡兒童的公學校就學率大幅上升：一九一五年的總就學率僅九．六四％，一九三五年總就學率為四一．四七％，一九四四年更達到總就學率七一．三四％之譜，女性就學比率也逐步提升。

公學校的女學生們。
資料出處：臺灣史檔案資料系統／中央研究院臺灣史研究所檔案館典藏

洪郁如《近代台灣女性史》亦明確指出殖民地女子教育與男子教育相比，由於女子教育非屬義務教

當時的新式教育包含了實驗、講讀及裁縫等課程。
資料出處：臺灣史檔案資料系統／中央研究院臺灣史研究所檔案館典藏

育，因而更具階級色彩。換句話說，積極接受現代女子教育者，家庭多將教育視為「投資」，普遍是出身中上流階級家庭的女性。

以昭和時期的臺灣教育來說，臺籍女性若接受新式教育，普遍進程是「公學校」六年（初等教育）、「高等女學校」四年（名為「高等」，實際上相當於男性的中等教育）、「專門學校」（高等教育）三年，然而供女子就讀的專門學校在殖民地臺灣僅有「臺北女子高等學院」一所，其他皆在母國日本。

從而概括說明，彼時女子教育呈現的模樣是：即使昭和臺灣的公學校普及率上升，也多半僅限經濟寬裕的家庭才願意供應女兒就學，高等女學校與專門學校的臺籍女學生，更是集中在中、上流階級。

那麼回頭看看〈庭院深深華麗島〉的兩位主角吧。

故事裡沒有描繪雁聲接受現代教育，不過稍微將時間倒轉，可以看見蘭鶯進入林家當嫺婢前，公學校畢業後考取高等女學校入學資格、卻因家庭安排而放棄升學。嫺婢未必需要讀書識字，但身在高門大戶的林家，曾經接受現代教育者，更可能在嫺婢群體中獲得相對體面、受到重視的工作。蘭鶯受到冬玉舍的第一眼青睞，固然是因為天生的外貌優勢，日後能夠「受到抬舉」並進入雁聲的書房伴讀，關鍵則來自蘭鶯後天的教育學養。

至於身為望族千金的雁聲更不必贅言，儘管身處漢學家庭並熟習傳統典籍，雁聲同時接受現代女子教育，十六歲的雁聲就讀高等女學校，出入學校自是一身水手服，乃是理所當然。

◆新式教育之外的女子教育

另一個理所當然之事，是雁聲的養成教育遠比蘭鶯更細緻。

日本殖民政府所主導的新式女子教育，以國語、教養、實業課程為主。不過，儘管為數甚

體育課方面，還有學習弓道等項目。
資料出處：臺灣史檔案資料系統／中央研究院臺灣史研究所檔案館典藏

少，臺灣漢學世家也有專供女子學習的傳統閨學。在這個時期，教育體制秩序正在摸索建立，新式教育與傳統教育並無本質上的衝突。

事實上，故事中這位傳統漢學世家千金小姐的教養之路都是有所本的。

以真實歷史人物為例，漢詩人張李德和出身雲林西螺，是前清武將世家後裔，童蒙時期不但由父親啟蒙書法，更自幼師從表姑母，於表姑母所開設的閨學「活源書房」學習漢文、琴箏與武術，也跟隨表姑父學習書畫之藝。

與此同時，張李德和是相當早期接受新式教育的臺籍女性，一九〇三年就讀西螺公學校，一九〇七年就讀臺灣總督府國語學校第二附屬學校（一九二二年改制為「臺北第三高等女學校」，即今中山女高），一九一〇年學成後立刻投身公學校教學事業直到婚後不輟，先後任教於斗六公學校、西螺公學校、嘉義公學校，教授藝術與修身科。

張李德和雖為罕見個案，卻示範當年其中一種上流女性的教育樣貌，豈止琴棋書畫，根本文武雙全，識通古今。

另一個例子，是臺中太平吳家漢詩人吳燕生。吳燕生的史料不如張李德和齊全，卻也有相當程度的代表性，展現殖民地望族千金在時代局勢下的體制外教育，以及其教育軌跡蘊藏的跨國特性。根據資料，她出生於北平，蒙學來自父親吳子瑜的傳統漢學教育，屆學齡時返臺，十一歲接受父親摯友王石鵬任漢學西席，同時研習齊白石金石譜（金石即篆刻），少女時期亦隨法籍教師學習音樂與繪畫。如此說來，較張李德和年少的吳燕生，儘管不是文武雙全，卻同樣琴棋書畫、識通古今，再則學貫東西。

不分新舊教育，張李德和、吳燕生所受教育都在婚前，但也有如霧峰林家的持家媳婦楊水心，十七歲與林獻堂成婚前僅接受私塾教育，並未親炙現代女子教育，然而婚後自學語言與文字，中年以後的日記除了漢文與日文，也使用臺灣長老教會通行使用的白話字，顯示女子教育的民間管道不一而足。

當然毫無疑問的是，這種高成本的女子教育，僅限於富貴人家。

◆現代新女性的相濡以沫

以日本時代新女性的實際教育概況為憑藉，林雁聲與張蘭鶯的書房風景也大約勾勒成形了。

蘭鶯每天進雁聲的書房，剪花泡茶，鋪紙磨墨，問道：「石隼先生開的功課，這是練字，還是讀書呢？」雁聲毫不領情。不過，每天蘭鶯照樣剪花入書房——接受完整公學校教育且擁有升學資質的蘭鶯，畢竟是領受過「投資」的，因而她不只是老爺侍妾，同時是千金侍讀。

〈庭院深深華麗島〉原是小說體裁，蘭鶯入雁聲書房的過程有一段短短的敘述：「蘭鶯年歲漸長，冬玉舍不改寵愛，終至她能在千金小姐雁聲的書房裡伴讀漢詩和法蘭西文學。」正因為如此，漫畫裡的蘭鶯才得以與雁聲共讀《搜神記》，也才知道石隼先生給雁聲開的功課。

而更是因為如此，作為少數同樣經歷現代教育與私塾教育的現代新女性，書桌前並肩讀書寫字、年齡僅差四歲的蘭鶯與雁聲，在面對一九三〇年代文明新舊之交，夾身「祖國」中國、「母國」日本的情感縫隙之間，站在臺灣這塊土地上迎向世局詭譎的大時代，她們擁有同世代的感覺結構。

她們也透徹知悉對方的能耐。蘭鶯隨口就能背誦雁聲的漢詩，看穿雁聲的真心；雁聲自我懷疑才幹高低，只問蘭鶯的真實感受。儘管總是針鋒相對，她們依然是整座林家豪奢花園內，最能夠理解彼此所思所想的兩個人。

千金小姐雁聲與老爺侍妾蘭鶯，身分乍看遙遠，卻共享一個書房風景。肉身可觸，靈犀難得，日後夜夜床笫留連的前提，其實是雁聲與蘭鶯早先日日讀書時光的積累。

楊水心所屬的一新會，是臺中婦女教育的先鋒。
資料出處：臺灣史檔案資料系統／中央研究院臺灣史研究所檔案館典藏

楊双子

臺灣小說家、大眾文學與次文化研究者。
為楊若慈、楊若暉雙胞胎姊妹的共用筆名。
著作有《撈月之人》、《花開時節》、《花開少女華麗島》、《臺灣漫遊錄》，
以及合著《華麗島軼聞：鍵》
facebook：楊双子
www.facebook.com/maopintwins

插畫 **星期一回收日**

臺南人，每日一杯黑咖啡，專職漫畫及插畫。
出版漫畫有《九命人-溺光》、《粉紅緞帶》、漫畫版《戀愛沙塵暴》。
2015年獲 東立少年漫畫組金賞、巴哈姆特ACG大賽漫畫組銅賞出道。
2019年獲得第十屆金漫獎年度漫畫大獎及少女漫畫獎。

綺譚花物語

2020年8月1日初版第一刷發行

作者	楊双子
插畫	星期一回收日
美術主編	陳美燕
主編	楊瑞琳
發行人	南部裕
發行所	台灣東販股份有限公司 ＜地址＞台北市南京東路4段130號2F-1 ＜電話＞(02)2577-8878 ＜傳真＞(02)2577-8896 ＜網址＞http://www.tohan.com.tw
郵撥帳號	1405049-4
法律顧問	蕭雄淋律師
總經銷	聯合發行股份有限公司 ＜電話＞(02)2917-8022

東販出版

國家圖書館出版品預行編目資料

綺譚花物語 / 楊双子作 . -- 初版 . -- 臺北市 :
臺灣東販 , 2020.08
180面 ; 14.7 × 21公分

ISBN 978-986-511-424-4(平裝)

863.57 109009391